JN132305
『名付けて！『黒龍流星弾』』
ナデン
Naden Delal Souma
「いっけえええええ」
アイーシャ
Aisha U. Elfrieden
XIX
現実主義勇者の王国再建記
Re:CONSTRUCTION THE ELFRIEDEN KINGDOM TALES OF REALISTIC BRAVE
どぜう丸 イラスト 冬ゆき

ルドウィン
Ludwin M. Arcs
ハルバート
Halbert Magna
フウガ
Fuuga Haan

「お前の夢はココで終わりだ、フウガ」
ソーマ
Souma E. Friedonia
リーシア
Liscia Elfrieden

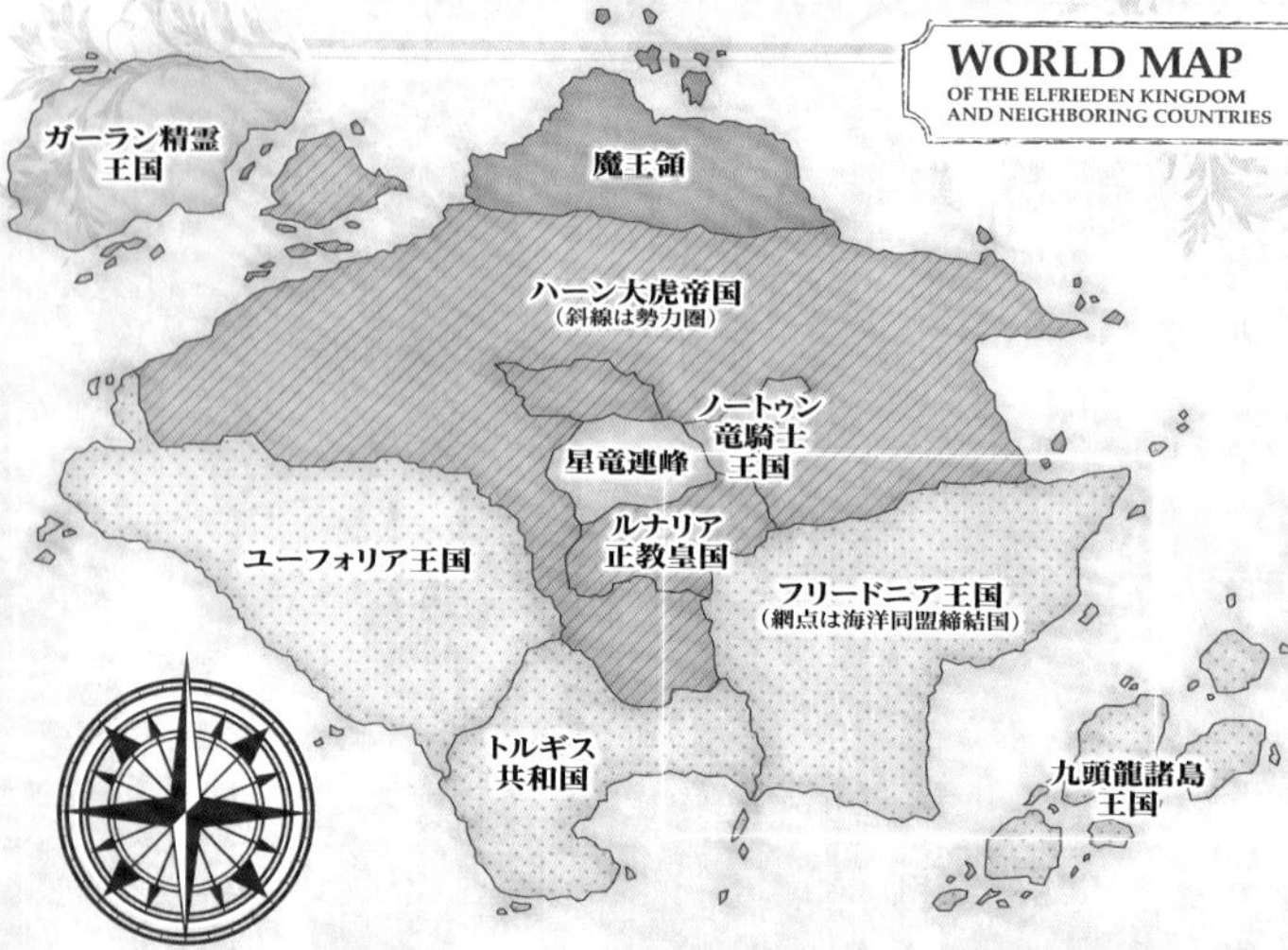
WORLD MAP
OF THE ELFRIEDEN KINGDOM
AND NEIGHBORING COUNTRIES
ガーラン精霊王国
魔王領
ハーン大虎帝国
（斜線は勢力圏）
ノートゥン竜騎士王国
星竜連峰
ルナリア正教皇国
ユーフォリア王国
フリードニア王国
（網点は海洋同盟締結国）
トルギス共和国
九頭龍諸島王国

星竜連峰
ハーン大虎帝国
ルナリア正教皇国
紅竜城邑
ラグーンシティ
ランデル
ヴァン
パルナム
空母「ヒリュウ」船渠
アミドニア地方
ウルスラ山脈
神護の森
ヴェネティノヴァ
ネルヴァ
アルトムラ
トルギス共和国
エルフリーデン地方
九頭龍諸島王国

現実主義勇者の王国再建記

Re:CONSTRUCTION THE ELFRIEDEN KINGDOM TALES OF REALISTIC BRAVE

XIX

どぜう丸
イラスト 冬ゆき

Re:CONSTRUCTION THE ELFRIEDEN KINGDOM TALES OF REALISTIC BRAVE

CHARACTERS

XIX

ソーマ・E・フリードニア
Souma E. Friedonia

異世界から召喚された青年。いきなり王位を譲られて、フリードニア王国を統治する。

リーシア・エルフリーデン
Liscia Elfrieden

元エルフリーデン王国王女。ソーマの資質に気付き、第一正妃として支えることを決意。

アイーシャ・U・エルフリーデン
Aisha U. Elfrieden

ダークエルフの女戦士。王国一の武勇を誇るソーマの第二正妃兼護衛役。

ジュナ・ソーマ
Juna Souma

フリードニア王国で随一の歌声を持つ『第一の歌姫』。ソーマの第一側妃。

ロロア・アミドニア
Roroa Amidonia

元アミドニア公国公女。稀代の経済センスでソーマを財政面から支える第三正妃。

ナデン・デラール・ソーマ
Naden Delal Souma

星竜連峰出身の黒龍の少女。ソーマと竜騎士の契約を結び、第二側妃となる。

マリア・ユーフォリア
Maria Euphoria

元グラン・ケイオス帝国女皇。ソーマの第三側妃で慈善活動に力を注ぐ。

ユリガ・ハーン
Yuriga Haan

ハーン大虎王国の王・フウガの妹。一計を案じ、ソーマの第四正妃となる。

ムツミ・ハーン
Mutsumi Haan

チマ公国を統治していたチマ家の長女。知勇兼備の将。フウガと結婚し、彼の覇道を支える。

フウガ・ハーン
Fuuga Haan

ハーン大虎王国の王。グラン・ケイオス帝国に勝利し、魔王領完全開放への準備を進めている。

ハルバート・マグナ
Halbert Magna

フリードニア王国国防軍唯一の竜騎士であり、精鋭部隊『竜挺兵』の隊長。通称ハル。

ハシム・チマ
Hashim Chima

チマ公国を統治していたチマ家の長男。フウガの参謀として冷酷無情に辣腕を振るう。

カゲトラ
Kagetora

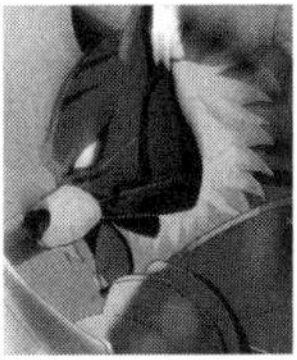

フリードニア王国諜報部隊『黒猫』の首領。武勇にも優れており王国内外で活躍する。

ミオ・カーマイン
Mio Carmine

元陸軍総大将ゲオルグ・カーマインの娘で自身も陸軍所属。コルベールを婿に迎えて領地を治める。

カルラ
Carla

元空軍大将カストールの娘。反逆罪で奴隷の身分となり、パルナム城の侍従として働く。

カストール
Castor

元エルフリーデン王国空軍大将。現在は島型母艦『ヒリュウ』の艦長として国防海軍に所属。

ユノ・ミナヅキ
Juno Minazuki

冒険者でシーフ。ソーマが操作する『ムサシ坊や君』と数々のクエストを共にする。

ユリウス・ラスタニア
Julius Lastania

元アミドニア公国公太子。ラスタニア王国のティア姫と結婚し、次期国王として政務に励む。

Contents

Re:CONSTRUCTION
THE ELFRIEDEN KINGDOM
TALES OF
REALISTIC BRAVE

XIX

プロローグ　英雄フウガ、最後の戦い

海洋同盟と大虎帝国による世界大戦。

ランディア大陸を二つの陣営に分かって行われているこの大戦争。

その本戦であるソーマ率いるフリードニア王国軍とフウガ率いるハーン大虎帝国との直接対決において、フリードニア王国の王都パルナムを目前にした平野でついに両軍が激突しようとしていた矢先、ソーマたちが仕込んでいた策が発動した。

空に映し出される未知なる北半球の世界。

そこへいち早く乗り出して活動しているユノたち冒険者の姿。

人々を新世界へと誘うPV《プロモーション・ビデオ》だった。

それをいまこの瞬間、ソーマは南半球の全人類に向けて公開したのだ。

新たな未知の世界の存在が明かされたことで、フリードニア王国さえ屈服させれば、世界はフウガのもとに統一されると考えていた大虎帝国の者たちの幻想は打ち砕かれた。大陸制覇はできたとしても、それが世界制覇には繋《つな》がらないと。

そして同時に未知の世界の存在は、現在の大陸覇権を争う夢を陳腐化させた。

大陸制覇という大望よりもワクワクする、未知の世界の冒険という別のコンテンツを提示し、フウガを支持していた人々の興味をそっちへ誘導したのだ。

英雄は人々の期待の上に苛烈な覇道を進み、英雄の苛烈さを人々が肯定することによって、時代を突き動かす。その道でどんなに血が流されようとも。

しかしいま、人々の興味は英雄から切り離された。

人々は、フウガの英雄譚《えいゆうたん》よりも興味をそそられる冒険譚に出会えた。

ソーマはこれを『あとは消化試合を残すだけとなった終盤のシミュレーションゲーム中に、魅力的な新作のハンティングアクションゲームのPVを見せるようなもの』と表現していた。誰もが新たなゲームに参加することを望むだろうと。

英雄が必要ない時代の到来である。

そしてそんな新時代にもっとも心を動かされたのは、当のフウガ・ハーンである。

自分がこの世界でどこまでのし上がれるのか、どこまで行けるのか、それを知りたくて時代に挑み続けた存在こそフウガなのだ。冒険心の塊なのである。

そこを、妹であるユリガとその夫であるソーマに付け込まれたのだ。

フウガに残された時間は少ない。

すでにフウガ自身が大陸制覇よりも新世界への進出に興味が移ってしまっている。

この戦いに勝利して世界を掌握できなければ、再び大陸制覇のための戦いを起こす熱意はもてないだろう。うかされていた熱病が治ったかのように、見ていた甘美な夢から目覚めるように、フウガが抱いていた野望は消えようとしていた。

「ああ。まったく……お前は大した妹だ、ユリガ」

空に浮かぶ映像を観《み》ながら、フウガは言った。

そんな風にある意味、達観した様子のフウガとは違い、大虎帝国軍の将兵たちは大いに混乱していた。

ソーマはPVによって、次の時代の有り様を全世界に示したのだ。

大陸制覇という人々がフウガに託していた夢よりも、未知なる世界への進出という個人個人が抱けるさらに熱い夢が、次の時代に待っていると示されたいま、フリードニア王国と戦うことにどれだけの意味があるのだろうか。

勝てれば良いが、負けたり、痛み分けという結果に終わったりすれば、それだけ大虎帝国は次の時代に乗り出すのが遅れることになる。

もしこの戦いで戦死したり、重傷を負ったりすれば、北の世界へ行く道も断たれることになる。これが制覇への最後の戦いだからこそ、命惜しむな名をこそ惜しめという考えだった将兵たちに、ソーマの用意したPVは命を惜しませる効果があったのだ。

中にはフリードニア王国とはさっさと和睦して、大虎帝国も北の世界へ乗り出せばいいのにと考える者もいるだろう。

しかし歩み出した覇道を途中で投げ出すことなど許されない。

滅ぼされた者、滅ぼした者、犠牲にした者、犠牲になった者の縁者がフウガのカリスマ性のもとに団結しているのがいまの大虎帝国だ。フウガの意志に従うのではなく、それぞれが夢のゴールを考えようとすれば分裂することになる。

そんな陣中の空気をひしひしと感じ、ハシムは苦虫を嚙《か》み潰したような顔をしながらフウガのもとへとやってきた。フウガとムツミのそばに歩み寄ってハシムは、

「フウガ様。我々はどうやら、間に合わなかったようです」

と、開口一番そう言ったのだった。

それは彼らが目指す勝利が消えつつあることの証《あかし》だった。フウガは頷《うなず》いた。

「ああ。ユリガに説得されてソーマが次の時代をこう描いていることはわかっていたが、それを将兵たちにこんな形でぶつけてくるとはなぁ」

「………」

「『ソーマは俺たちとではなく〝もっとべつの大きなもの〟と戦って勝利するつもりのようだ』という予感の正体はコレか。まさか俺や大虎帝国ではなく、俺たちが拠《よ》って立つ時代そのものを終わらせようとしてくるとは……」

フウガが感心したように言う。ハシムは渋面をさらに険しくした。

「ソーマがなにかしらの策を講じているということはわかっていました。しかしフウガ様や大虎帝国民を狙っての策ならば、フウガ様の統率と勢いで吞《の》み込めるし、対処もできるだろうと。しかし、ソーマが講じた策の対象は全人類だった。これでは……内部の統制でどうこうできるものではありません」

悔しげに言うハシムに、フウガは「そうだな」と頷いた。

「この策を阻止するには、ソーマがあの映像を準備するよりも前にパルナムへと迫り、ソーマを打ち破るしかなかっただろう。だが、それもヤツの家臣たちの決死の足止めによって叶《かな》わなかった。そんな足止めが必要だったということは、ソーマ側としてもギリギリの勝負だったのだろうがな」

「ええ。口惜しいかぎりです」

もし、オーエンとヘルマンの身を挺《てい》しての足止めのあと、後方確認の時間を取らずに遮二無二パルナムへと迫っていたら、また少し違った展開になったかもしれない。

しかし、そんなのは〝たられば〟の話でしかない。

ソーマ側が用意した周到な策と、敵味方にとっても予想外の忠臣の献身が、フウガの覇道に暗雲を呼び込んだのだった。

ハシムは気持ちを切り替えるように頭を振った。

「ですが、嘆いてばかりもいられません。いま将兵たちの心にはヒビが入り、割れつつあります。そしてそのヒビは、人々がソーマの語る次の時代という夢を咀嚼《そしゃく》していくごとに広がっていくことでしょう。つまり……」

「俺たちは〝いま戦って勝つ以外に未来はない〟ってことだろ？」

フウガの言葉に、ハシムは「御意」と頷いた。

人々が北という新世界への進出という夢を見出《みいだ》す前に、いまの世界制覇という夢を形にしなければならない。

リベンジマッチなどは許されない。この一回で夢を完成まで持っていかなければ、人々はさっさと次の夢を見てしまうだろう。

それこそがソーマたちの狙いだったのだから。

ハシムは冷静な顔になったフウガに言った。

「この戦いは再戦が許されず、尚且《なおか》つ、時間制限まで設けられています。長引けば我らの負けです。今日この日、たった一日で決着をつける覚悟が必要です」

戦争できるのは今日一日だけ、それで勝て、とハシムは言っているのだ。そんなあまりに無茶な参謀の言葉に、フウガは目をギラつかせながら愉快そうに笑った。

「まさにギリギリの崖っぷちだな！　こういう感覚は久しぶりだ！」

フウガ・ハーンという男は、これまで劣勢を覆して国を大きくしてきた。

何度も命の危機に晒《さら》されながらも、草原を平定し、東方諸国連合を呑み込んだ。

そしてランディア大陸の北半分を呑み込む大国を築き上げた。

しかし一度大国を築き上げてしまうと、そこからはもう格が違うというか、勝って当たり前のような空気もあり、命の危機を感じることもなくなった。

互角の勢力を誇る海洋同盟からも、大虎帝国に侵攻しようという意志は感じられなかったということもある。

そんな覇者としての日々はフウガには退屈だったのだ。

強敵だと思っていた魔王領とも、予想外の苦戦もあったがあっさりと講和が成立してしまった。

フウガ自身がユリガの主張に揺れてしまうくらい、いまの平穏に飽き飽きしていた。

しかし、ここで突然の劣勢と来た。

厳しい勝利条件が課され、負ければすべてを失いかねない状況へと追い込まれたのだ。

そんな状況に、フウガが燃えないわけがなかった。

「全軍に布令《ふれ》を出せ。今日、俺はフリードニア王国と雌雄を決するべく総攻めを行う」

太い腕を天に突き上げながら、フウガは言った。

「次の時代に思いを馳《は》せるのはいい！　だが、その次の時代を担うのは俺か、ソーマか！

その答えを天に問い、答えを出させるのは今日この日である！　各々、これが南の大陸での最後の大戦であると肝に銘じ、勇んで戦え！」

「はっ。承知いたしました」

フウガの号令に、ハシムは腕を前に組んで一礼する。

そしてハシムは全軍に指示を出すべく去っていった。

大虎帝国軍はフウガの檄《げき》に応えるようにときの声を上げると、フリードニア王国軍の防衛陣地へと攻めかかったのだった。


——こうして英雄フウガの最後の戦いが幕を開けたのだった。

第一章　武人たちの競演

王都パルナムに近い平原にて、ついにフリードニア王国軍と大虎帝国軍が激突した。

陣地を築いて守るフリードニア王国軍凡《およ》そ九万。

攻めかかる大虎帝国軍は凡そ十八万。

戦力差は二倍ほどある大虎帝国軍だったが、ソーマの用意したＰＶによる混乱は収まっておらず、士気は思うように上がっていなかった。

次の時代の有り様を見せられて、フウガ軍の将兵たちは、それでも目の前の戦いに集中しようとする者、ここで死傷してはうま味がないと命を惜しむ者、フリードニア王国の底知れなさに怯《ひる》む者、フウガを信奉しきっているため一切迷わぬ者……等《など》など、異なる思いを抱きながら戦っているため、意思統一も難しい状況だったからだ。

それでも【虎の旗】ガテン、【虎の弩《いしゆみ》】カセン、【虎の盾】ガイフクなどの勇将・猛将たちは、そんな将兵たちをまとめ上げて、王国軍の陣地へと苛烈に攻めかかった。

帝国軍はこの一日で決着をつける覚悟であるため、王国軍が布《し》いた東西と中央の陣地のすべてに対して同時に力攻めを行っている。

しかし、ワイストの守る西側の陣地に攻めかかるガテンとカセンは、これまでに感じたことのない攻めにくさを感じていた。

「くっ……なんなんですか。この感じは」

「……………」

カセンは顔をしかめながら吐き捨てるように言い、本来は口数の多い男であるはずのガテンは沈黙して考え込んでいた。

王国軍の籠もる陣地は堅牢《けんろう》にはできているものの、これまでの常識からは考えられないようなものというわけでもない。

戦いも魔封機や機械竜のようなとんでも兵器が投入されているわけでもなく、常識的な範囲での攻防戦が繰り広げられているだけだった。だというのに、二人はこの陣地に近づいてからというもの、妙な戦いづらさを感じていた。

こちら側が本来の力を上手《うま》く発揮できないような……敵側が実力以上の力を出しているような……そんな感覚を受けるのだ。いくら帝国軍の兵士たちの士気が低いとはいえ、いつもどおりならばもっと勇猛果敢に攻めかかっているはずなのに。

この状況に違和感を覚えたカセンはテムズボックを走らせ、意見を聞くべくガテンに合流したのだ。

「敵将はワイスト・ガローと言いましたか。アミドニア公国との戦いでは舌先で公王ガイウスを翻弄した男だとか……この苦戦は彼の采配によるものなのでしょうか？」

カセンが尋ねると、しばらくしてガテンは首を横に振った。

「……いいや。これは将の指揮によって引き起こされているものではないようだ。攻防戦に別段おかしなところは見られない」

「？　それではなぜ、我々は攻めにくいと感じているのですか？」

「それはきっと我々が十全の力を出せていないからだ」

そう言うとガテンは耳に手を当ててみせた。

「カセンくん。さっきからずっと音楽が流れていることに気付いているかい？」

「音楽？……そういえば鳴っていますね。敵が流している音楽でしょうか」

戦いが始まってからというもの、王国軍の陣地からは頻繁に音楽が聞こえていた。

士気を上げたり、士気を挫《くじ》いたりするのに鳴り物を鳴らすということはよくあるため、これが王国風の鳴り物なのだろうと、カセンは気に留めていなかった。

しかしガテンはいつもの飄々《ひょうひょう》とした雰囲気を消し、鋭い目で王国軍の陣地を睨《にら》んでいた。

「どうもこの音楽には二つのパターンがあるようだ」

「二つ……ですか？」

「ああ。一つは士気を高めて攻勢に出るような勢いを感じる熱い曲。もう一つは砦《とりで》の堅牢さを感じさせるような、誰かを守らんとする決意を感じさせるような重厚感のある曲だ。このうち前者の曲が流れているとき、王国側の攻撃は苛烈になり、逆に後者の曲が流れているときは我々の動きが鈍っている。……そんな風に思えるんだ」

ガテンは自軍の動きがおかしいと感じるやいなや、戦場を注視してその原因を探っていたのだ。そして戦闘結果と聞こえている音楽の関連性に気付いた。

カセンは大きく目を見開いていた。

「王国は、音楽で付与魔術をかけているのですか!?」

彼の導き出した答えは正解ではないものの実態を摑《つか》んでいた。

正確には人々が魔法を使用するときのイメージを強化するため、音楽でそのイメージをしやすくする効果を生んでいるわけなのだが……顕《あらわ》れる効果としては付与魔術で武器を強化するのと同じなので認識としては正しいだろう。

ガテンも頷いた。

「ああ。攻勢に出るときと、守りに入るときとで音楽を使い分けている……私にはそう思えてならないのだよ。だが……」

するとガテンは愛用の鉄を編んだ鞭《むち》をビシッと扱《しご》いた。

「そうであるならば対処もできる。敢《あ》えて敵の音楽を聴き、攻める音楽のときは攻め、守る音楽のときは〝味方を守るために攻める〟ということを意識すれば良い。我々は攻める側ではあるが、フウガ様の夢を守らねばならないのだから」

「っ!　はい!」

ガテンの言葉に、カセンは弾《はじ》かれたように頷いた。

ガテンは配下の一人を呼び寄せると、いま言ったことを本陣のハシムに伝えるよう命じた。ハシムならば同じような方策を立てて全軍に伝えることだろう。

そして指示を終えたガテンは騎乗しているテムズボックをカセンの横まで進めた。

「さて、カセンくん。我々のやることはわかっているね」

「はい！　命を懸けて、あの陣地を突破します！」

そう意気込むカセンだったが、ガテンは「いやいや」と首を振った。

「全力は尽くしてもらうけど、命は投げ捨てるものではないよ。キミはまだ若いんだし、やりたいこととかあるでしょ？　ルミエール殿とイチャイチャしたいとか、ルミエール殿を抱きたいとか、ルミエール殿の胸に顔を埋《うず》めたいとか」

「なんでルミエール殿!?　ってか、どれも同じ意味ですよね!?」

「以前酔ったときに、年上の凛々《りり》しい女性がタイプだって言ってたじゃないか。彼女はキミの好みにドンピシャだろう。というか、日頃の態度を見てれば丸わかりだ」

ガテンは愉快そうに笑いながら言った。

「だから命を粗末にするなよ、カセンくん。もし、この戦いでキミが華々しく討ち死にして、私が生きて還《かえ》ったら、そのときは私が彼女を口説こうじゃないか」

ガテンの言葉に、カセンは思わずそのシーンを想像してしまう。

『やあやあお疲れ様、ルミエール殿』

『これはガテン殿。お疲れ様です』

『どうです？　これから食事にでも』

『いえ、私は仕事がありますから』

『ふむ。では私も手伝いますので、さっさと終わらせるとしましょう』

『いいのですか？　お給金は出せませんよ？』

『それで貴女《あなた》と過ごす時間を得られるなら、最高のご褒美ですよ』

『そ、そうですか？　では、お言葉に甘えて……』

「うわ……すっごい嫌だ。なにがなんでも生き残らないと……」

ほんの僅かな間に、カセンはそんなシーンを思い浮かべていた。

ルミエールは仕事人間で、自分にも他人にも厳しい性格のため、大虎帝国の男性からは美人だけど怖い女性と思われ、口説く対象とはなっていない。カセンはそのキャリアウーマンぶりを格好いいと思っているが、多くの男性は萎縮してしまうようだ。

だけど数多くの浮名を流した伊達男《だておとこ》のガテンなら、ルミエールを無垢《むく》な少女のように扱い、そんな彼の姿勢に彼女もコロッといってしまうかもしれない。

……まあ、それもすべてカセンの妄想なのだが。

カセンはテムズボックの手綱を握った。

「貴方《あなた》より先に死ぬのは御免被ります。勝って、無事に帰還してみせますよ」

「ハッハッハ！　その意気だよ、カセンくん！」

そんな軽口を交わしたあと、二人は気を引き締めると前線に出るのだった。

◇　◇　◇

一方、防衛陣地で攻撃を受け止めていた側のワイスト・ガローは、帝国軍の動きが変わったことに気が付いた。

（ふむ。どうやら、すでに音楽の絡繰《からく》りには気付いているようですね）

旧知である国防海軍から借り受けた火薬兵器を用いていて、遠距離攻撃に紛れて接近してくる帝国軍の攻撃を退けてきたが、徐々に劣勢になる場面も出てき始めていた。

とくに前線でピョンピョン跳ねるテムズボック騎兵が現れてからは、帝国軍の動きは格段に良くなっていた。

こういう場合、率いる将を狙撃できれば良いのだが、あの縦横無尽に跳ね回るテムズボック騎兵に狙いを定めるのは難しかった。

（こんなことなら、もう少し火薬兵器を残しておくよう、アクセラ様にお願いしておくべきでしたかね……）

ワイストは小さく溜息《ためいき》を吐《つ》いた。

本当ならばもっとふんだんに火薬兵器を用意しておきたかったのだが、エクセルの娘でありカストールの妻であるアクセラに『紅竜城邑《こうりゆうじようゆう》を守るのに使いたいから融通してくださいね♪』と言われ、かなりの数を持っていかれてしまったのだ。

エクセルに頭の上がらないワイストが、その身内であるアクセラに頭が上がるはずもなく、引きつった笑みを浮かべながら『……どうぞ』と言うしかなかった。

（そもそも、私は槍働《やりばたら》きをするタイプではないんですけどね……）

なまじ軍の指揮が執れるため指揮官としてここを守ってはいるが、ワイストは本来、参謀ないしは内政官向きの人材だった。

ただ、これは両軍に言えることだが、軍を指揮できる人材が世界規模の戦いであるため各地に分散していて、一つの戦場に投入できる指揮官が不足気味になっているのだ。

そのためにワイストまで駆り出されているのである。

（相手が交渉に応じるようなら舌先三寸でなんとでもできるでしょうが……アミドニア戦での弁舌で、美名も悪名も広まってしまってますからね。なにせ【アルトムラの領主「意味：できもしない約束をする人のこと」】って慣用句が生まれてるくらいですし、敵さんも私相手には交渉なんてせず遮二無二突っ込んでくるでしょうね……）

そんな愚痴のようなことを内心で考えていたときだった。

「ほ、報告します！」

伝令兵が駆けてきて、焦った様子で声を張り上げた。

「報告！　敵の一部が防塁を突破！　近くの兵たちが防いでいますが苦戦している模様！至急応援を、とのことです！」

「……やれやれ」

どうやら自分も槍働きをしなければならないようだ……とワイストは腰を上げた。

（武勇で名の知れたマルムキタンの武人の前に立たなければならないのか……。私は戦いに心が躍るタイプではないのに。いっそ逃げたいですよ）

とはいえここで逃げることはもちろん、そんなことを思っていると口にしただけで、あとでエクセルになにを言われるかわかったものではない。

海軍出身の男でエクセルを恐れない者など存在しない。

仮に死んでこいと言われても「イエスマム！」としか言えないのだ。

（あー……アルトムラに還りたい。そろそろ葡萄《ぶどう》の収穫時期も近いし、見目麗しい乙女が踏んでこしらえたワインでも飲みながらのんびりしたい。アミドニア戦のときみたいにウォルター公がいてくれれば、いざというとき戦ってくれるという安心感があるのですが……「手は打っておいてあげるから頑張りなさい」って言われてもねぇ……）

内心ではダラダラとそんなことをぼやきながらも、ワイストは平静を装いながら救援を求める場所へと向かおうとした。

しかし、そのとき、もう一人の伝令兵が駆け込んできて報告した。

「報告！　北西方向、戦場の外より現れた一部隊が敵の横腹を突いた模様！　これにより敵の攻勢の手が一時的に緩み、立て直せそうだとのことです！」

「北西？　そんな場所に配置した部隊などなかったはずですが？」

ワイストがそう尋ねると、伝令兵は声を張り上げた。

「その部隊の旗印は、カーマイン家のものです！」

◇◇◇

「間に合ったあああ!!」

戦場となっているパルナム近郊の平野部へと辿《たど》り着いたミオ・カーマインは、いままさに前方で王国軍と帝国軍が戦っている様子を見て思わずそう叫んだ。

彼女が率いるのは三公時代のカーマイン家由来の騎兵などで構成された二千騎。

ミオたちはアミドニア方面にてルナリア正教皇国の軍勢を敗走させたあと、後退した正教皇国軍の監視と牽制《けんせい》はグレイヴとマルガリタに任せ、少数精鋭の部隊を率いてこの決戦の地へと急行したのだ。

ルナリア正教皇国軍を打ち破ったのが二日前。

大勢が決したその日の夜にアミドニア地方を離れたのだが、この本戦に間に合うかどうかはギリギリのタイミングだった。間に合わなかったらどうしようという不安から解放されたミオは、喜色を浮かべながら併走する人物を見た。

「ほら、ほら！　みんなまだ戦っています！　ち……カゲトラ殿！」

隣で馬を走らせているのは黒い剣虎《ソード・タイガー》のマスクを被《かぶ》った偉丈夫。

黒猫部隊の隊長カゲトラだった。

興奮気味のミオとは違い、カゲトラは静かな面持ちで戦場を注視しながら言った。

「少しは落ち着くのだ。我々がここにたどり着けたのはウォルター公の差配によるもの。

その配慮に、我らは相応の働きをもって報いなければならぬ」

「っ！　は、はい！」

カゲトラが静かに窘《たしな》めると、ミオは背筋をピシッと伸ばした。

フリードニア王国で大量の人員を輸送する手段としてはライノサウルス・トレインが有名だが、速度は馬の早駆けに劣ってしまう。

一人でも多くの兵をいち早くこの場に到着させたいと考えたエクセルは、アミドニア地方からパルナムまでにいくつかの補給所と一回分の替えの馬を用意し、あえて古くからある駅伝制のような形で騎兵隊を移動させたのだ。

『大虎帝国を相手にするなら兵はいくらあっても困りません。正教皇国の軍勢を首尾良く追っ払えたのなら、すぐに精鋭騎兵だけでも本戦に回していただきますわ』

エクセルはそう言いながら、扇子で笑みが浮かぶ口元を隠していた。

そのためミオたちはろくに休みもとれないままの強行軍となったわけだが……いまは国を守れるかどうかの瀬戸際だ。

疲れよりもこの重大局面で参戦できたことの喜びと高揚感が大きかった。

すると騎兵隊に先行する形で偵察に出ていた副隊長のイヌガミが二人のもとへと戻ってきた。この二千騎の中には黒猫部隊の勇士も多く交ざっている。

「報告！　西側、ワイスト殿の陣地が苦戦している模様！」

イヌガミがミオとカゲトラにそう報告した。

「ワイスト殿も火薬兵器などを使用して懸命に防いでいるようですが、敵の勢いは凄《すさ》まじく、防衛陣地の一部を突破されつつある様子！」

「指揮しているのはワイスト殿だけですか？　それはさすがに守りが薄いような……」

イヌガミの報告を聞いたミオは首を傾《かし》げた。

たしかにいまは大陸の彼方此方《あちこち》で戦闘が行われており、ソーマも配下の将兵たちを方々に派遣している。ミオたちもアミドニア方面に派遣されていたわけだし。

だからこそ一箇所に配置できる将の数に限りがあるのは理解しているが、それにしても西側陣地を守備する将がワイストだけというのは少なすぎるように思われた。

「我々が加勢することは最初から織り込み済みだったということでしょうか？」

ミオは答えを求めるようにカゲトラを見た。

話を振られたカゲトラは腕組みをしながら唸《うな》った。

「いや、それだけではなかろう。我々の来援を期待していたら賭けになってしまう。万が一、我々の到着が遅れれば危ういことになる」

「たしかに……ギリギリのタイミングでしたからね」

ミオもコクコクと頷《うなず》いていた。カゲトラはマスク越しに顎を撫《な》でた。

「おそらく……敢《あ》えて敵にとって攻めやすい場所、攻めにくい場所を用意しているのだろう。そうすることで敵の勢いに差ができ、足並みを乱すことができる」

攻め手が優勢な場所ではどんどん押し込み、逆に劣勢な場所で足止めされれば、お互いの連携が難しくなる。劣勢な部隊が優勢な部隊に援軍を求めたとしても、優勢な部隊が先に進んでしまっていると伝令を送るのも容易ではなくなるからだ。

「ワイスト殿は戦線を支えられなくとも、崩れることなくじりじりと後退していれば足並みを乱せると考えたのだろう。その間に、我らのように先行する援軍が到着すれば持ちこたえられると確信して……な」

　カゲトラは王国軍の本陣のある方角を見つめながら言った。

「この手の用兵は、あの女傑がもっとも得手としているものだ。おそらく、我らが間に合わなかったとしても、危なくなれば本陣から兵を出し、落とせそうで落とせない風を演出するつもりなのだろう」

　カゲトラの脳裏には、口元を扇子で隠しながら笑みを浮かべている青髪鹿角の美女の姿が浮かんでいた。きっとあの本陣でそんな顔をしているのだろう。

　ミオの脳裏にも同じ笑顔が浮かんでいた。

「……なんといいますか、怖い人なんですね。ウォルター公って」

　若干引き気味にミオがそう言うと、カゲトラは苦笑した。

「ともかく、ワイスト殿の陣を突破されるわけにはいかない。我らは予定通り、西側の陣に合力すべきだろう」

「はい！　帝国の者たちに、我らカーマイン家の力を見せつけましょう！」

　元気よく返事をしたミオだったが、カゲトラはマスクの下の顔をしかめた。

「我が輩はカーマイン家とは縁もゆかりもない者なのだがな」

「えー……こんなときにもですか？」

そう不満げに言ったミオはジトッとした目でカゲトラを見た。

「まったく……ねえカゲトラ殿。いい加減面倒くさいんで、母上の〝再婚相手〟になってくれませんか？　そうすれば私も貴方《あなた》のことを〝義父上《ちちうえ》〟って呼べますし。母の幸せを〝亡くなった父〟も草場の陰から願ってると思いますし」

「…………」

ミオにジーッと見つめられて、カゲトラは顔を背けた。そして……。

「……この戦いが終わったら、考えよう」

観念したようにそう言ったのだった。ミオはニンマリと笑った。

「それじゃあこんな戦いはサクッと終わらせないといけませんね。かつて父だった人と、これから父になる人のためにも。ね、〝カゲトラ殿〟」

「……うむ。行くぞ」

そしてミオたちは戦いに加わったのだった。

◇　◇　◇

西側陣地に攻勢を掛けていたカセンとガテンの部隊だったが、乱入してきたミオたちの部隊によってその勢いを止められていた。

状況の変化に、ガテンはテムズボックを走らせてカセンに合流した。

「新手の部隊は中々の手練《てだ》れのようだ。気を付けたまえよ、カセンくん」

「もちろん、油断なんてしませんよ」

ガテンの言葉にカセンが頷いた、そのときだった。

「敵将と見ました！　いざ尋常に勝負願います！」

そんな二人のもとに、帝国兵を二本の長剣で斬り伏せながらミオが迫っていた。彼女の背後には騎兵隊が続いており、真《ま》っ直《す》ぐに中心を目指して突撃してきたのだろう。

「ほら、言ったそばからコレだものな」

そう言いながらガテンは愛用の鞭《むち》をシュッと振るった。

すると鉄が編まれた鞭はさながら意志のあるヘビのような動きで、接近してきたミオへと伸び、先端の尖《とが》った部分が彼女の乗る馬の首の付け根あたりに刺さった。

『ヒヒーンッ』

「うわっと!?」

激痛に馬が暴れ出し、ミオは制御できず振り落とされた。

それでもなんとか無事に着地したミオだったが、そんな彼女の眉間に、さっきの鞭の先端が迫りつつあった。一瞬、頭が真っ白になりかけたミオだったが、迫った危険に身体《からだ》のほうが自然に反応する。

「やああ！」

反射的に長剣を振るい、その鞭の一撃を払いのけた。

弾《はじ》かれた鉄の鞭はシュルシュルと引っ張られて、ガテンの足下まで戻った。

ミオはゴクリと生唾を呑《の》み込んだ。

（あ、危なかった……）

ゼムの武道大会で優勝したこともあるほどの武勇を持つミオだからこそ、どこかで「敵で怖いのはアイーシャより強いフウガ・ハーンくらいだろう」という油断があった。

フウガ以外が相手なら自分は負けないだろう、と。

しかし、いまのガテンの一撃は、不意を突かれたとはいえ、ミオに自身の慢心を反省させるのに十分なものだった。

（思えばフウガ軍の将兵は、フウガに付き従って戦い続けた猛者なのですからね……油断して良い相手ではありませんでした）

ミオは自身の浅慮を反省しつつガテンを睨《にら》んだ。

一方のガテンも飄々《ひょうひょう》とした体《てい》を装いながらも「さっきの一撃を防ぐのか」と、目の前の獣人族の女騎士の力量に舌を巻いていた。

それでも軍中随一の伊達男《だておとこ》であるガテンはミオに言った。

「これはこれは。美しく、強いお嬢さんだ。名前をお聞きしても？」

「ミオ・カーマインです。そういう貴殿は？」

「ガテン・バールと言います。う～ん……実に惜しいなぁ。ここが戦場でなければ食事に誘いたいところなのに」

ナンパみたいなことを言うガテンだったが、ミオは鼻で笑いながら長剣を構えた。

「残念ですが私は人妻です。コルベール《夫》一筋ですのでそんな誘いには乗れません」

「ああ、なんと。それは本当に残念ですね」

そう言いながらガテンも鞭を握る腕に力を込めている。

一触即発の状態で睨み合う中、我に返ったカセンが弓を構えて矢を番《つが》えた。

「ガテン殿！……「させん」っ!?」

ガテンを援護しようとしたカセンだったが、割って入ったカゲトラの刀の一撃を地面を転がりながらなんとか回避した。

カゲトラはミオを射線上から庇《かば》う位置に立ちながら、主《あるじ》より拝領した九頭《くず》龍刀《りゅうとう》を中段脇に構えた。カセンも体勢を立て直すと、矢尻の先をカゲトラに向けた。

「虎の獣人族!?　いや、マスクなのか!?」

「退《ひ》け、若者よ。我が前に立って命を散らすな」

「はいそうですかと退くわけにはいかないでしょう！　カセン・シュリ、参ります！」

気を引き締めるように名乗るカセンに、カゲトラは短く応じる。

「いまはただのカゲトラだ。……参る」

カゲトラが踏み込み、九頭《くず》龍刀《りゅうとう》でカセンを両断しようと迫る。

「っ!?　ちっ!」

するとカセンは後方に飛び退《の》きながら、すぐさま弓に矢を番えて放った。

カゲトラの眉間に向かって真っ直ぐに飛んだ矢が迫るが、カゲトラは足を止めずに刀の一閃《いっせん》でその矢を斬り落とした。

が、すぐに次の矢が目前にまで迫っていた。

(くっ……速い)

カゲトラはなんとか首を傾けて回避する。

しかしその矢の対処のために足を止めざるを得なかった。

その間に体勢を立て直したカセンは弓に次の矢を番えてカゲトラに向けていた。

カゲトラは仕切り直すべく太刀を構えた。

「……できるな。フウガ・ハーンのような剛弓ではないが、速射の腕は遥《はる》か上と見た」

「ありがとうございます。フウガ様には射程と威力で劣りますが、手数と正確性ならば負けてはいないと自負しています」

根が素直なカセンはカゲトラの賛辞にそう返した。

「珍妙なマスクをしていますが貴方も名のある将と見ました。家名を教えてはくれませんか?」

「……ただのカゲトラ、そう言ったはずだ」

カゲトラは踏み込む。

それと同時にカセンが矢を放つが、カゲトラは二射目が来ることを想定していた。すぐに次の行動に移れるようにと、最小限の動きで矢を斬り落として二射目に備えたのだが……。

(っ⁉)

カゲトラの目に映ったのは、横に寝かせた弓に三本の矢を番えたカセンの姿だった。

まずいと思ったカゲトラは咄嗟《とっさ》に身を引く。

次の瞬間、カセンの放った三本の矢が、カゲトラの喉元と両肩に向かって飛来する。

身体を捻《ひね》りつつ首元に迫る矢だけを斬り落とすが、残りの矢の一本がカゲトラの左肩に突き立った。幸い、矢は鎧《よろい》を貫通したのみで肉には届いていなかったが、カセンの技量にカゲトラは思わず感心してしまった。

フウガのような敵の鎧ごと貫通するような剛射とも違う。

レポリナのような静かに急所を射貫《いぬ》く狙撃とも違う。

遠いときには速射、接近されれば三本同時発射と巧みに使い分けて戦っている。

ならば相手の矢が尽きるまで粘ろうかとも考えたが、いまは乱戦中であり、カセンは周囲の配下から矢筒の供給を受けつつ戦っていた。

(厄介であるな……苦手な相手だ)

カゲトラは一対一の接近戦で武勇を競う戦い方を得意としている。

苛烈に攻めかかり、磨き抜かれた技量のもと、一刀で斬り伏せるような戦い方だ。一方で接近されないように立ち回り、手数の多さを活《い》かして一定距離から射撃と牽制《けんせい》を繰り返してくるカセンの戦い方は彼が苦手としている戦い方だった。

カゲトラはチラリとミオを見た。向こうもガテン相手に苦戦しているようだ。

テムズボックの上から二本の鞭を巧みに操って縦横無尽に攻撃を繰り出すガテンに対し、ミオは二本の長剣で受け止めているものの、意識の外から迫る鞭の先に対して対応が遅れて後手に回らされているようだった。

「ハッハッハ！　防戦一方かい？　お嬢さん」

「くっ。なんてイヤラシい攻撃なんだ」

二本の大蛇のようにウネウネと迫る鞭の動きをミオは見切れずにいるようだった。

そこらの将兵なら何度も命を刈り取られているだろうガテンの猛攻。

それでも二本の長剣を素早く動かすことで渡り合っているミオは、さすが父譲りの戦闘センスの持ち主だと言えるだろう。

ただ、それでも浅い切り傷は増えているようだった。

カセンの射撃を受け止めつつ、そんなミオの攻防を見ていたカゲトラは……決断した。

（……ふむ）

「ミオ！」

カセンの射撃と射撃のわずかな間。

カゲトラはミオの名を呼ぶと、カセンに背を見せて走り出した。

そして戦うミオとガテンの間に割って入ると、ミオに迫っていた鉄の鞭を九頭龍《くずりゅうとう》刀で打ち払う。これにはガテンだけでなくミオも目を丸くしていた。

「えっ、なんで……」

「ミオ、弓使いのほうを警戒しろ」

ミオが疑問を口にするよりも前に、カゲトラは指示を飛ばした。

言われたミオはハッとしてカセンのほうを警戒する。

ちょうどカゲトラとミオとで背中を守り合う態勢になる。

背中合わせのままカゲトラはミオに言った。

「我が武技は一撃が重い故に、手数の多いあの弓使いとは相性が悪く、この鞭使いのほうが戦いやすい。お前もああいう変幻自在な曲者《くせもの》の相手は苦手だろう？」

「ああ、そうですね。真っ直ぐな弓使いのほうが戦いやすいと思います」

ミオはカゲトラの言わんとしていることを理解した。

「なるほど。交代ですね」

「うむ。できるか？」

「はい！　お任せください！」

ミオはすぐにカセンに向かって駆け出した。

そんなミオの背をガテンの鞭が襲おうとするが、それをカゲトラの九頭龍《くずりゅうとう》刀が弾き飛ばした。そして宙に舞った鞭の一本をカゲトラは素手で摑《つか》みとった。

その鞭をグッと引っ張る。

「うおっと!?」

不意に引っ張られたガテンはテムズボックから投げ出され、地面に着地する。

「このっ」
（バシッ）「ぐっ……」
すぐにガテンはもう一本の鞭でカゲトラの籠手《こて》を打つ。

カゲトラも思わず摑んでいた鞭から手を離してしまった。

そしてガテンは二本の鞭を手元に引き寄せてカゲトラと対峙《たいじ》する。

「虎のマスク？　あのネコ科のお嬢さんの父親かなにかかい？」

眉をひそめながらそう言うガテン。

そんなガテンの言葉にカゲトラはマスクの下でフッと笑うと、

「いいや。ヤツの武技は我が子のように知っているが……赤の他人だ」

そう言って九頭龍《くずりゅうとう》刀を構えたのだった。

一方で、カセンに向かって走ったミオは真っ直ぐに距離を詰めていった。

いきなり対戦相手が変わったことにカセンも一瞬だけ動揺したが、すぐに気を引き締め直して牽制のために矢を放つ。

そんなカセンの矢をミオは二本の長剣で悉《ことごと》く斬り捨てていた。

「くっ……あの虎マスクといい、なんで簡単に斬り払えるんですか!?」

「あの鞭使《むちつか》いの攻撃のようにイヤラシくないからな！」

ミオは跳び上がるとクロスさせた長剣をカセンに向かって振り下ろす。

カセンはそれを後方に飛んで回避しながら、弓に矢を三本番えて同時に発射する。

それをミオは長剣を素早く動かすことですべて斬り払った。

そしてミオはカセンに向かって言う。

「貴殿の矢は、真《ま》っ直《す》ぐで好感が持てる。あの鞭使いとは全然違う」

「褒《ほ》められてないような、褒められてるような？」

「褒めてるさ。戦っていて楽しいのは貴殿のような武人だからな」

「こっちはまったく気が休まらないんですけどね！」

そんな軽口のようなことを言いながら、ミオとカセンは一進一退の攻防を続けた。

一時は帝国軍の猛攻で崩れかけた王国の西側陣地。

しかし、ミオたちの活躍もあって膠着《こうちゃく》状態へと持ち直したのだった。

第二章　知将たちの意地

――一方、フリードニア王国軍東側の陣地。

こちら側でも大虎帝国軍が猛攻を仕掛けていた。

攻めかかる側の将は【虎の伴侶】ムツミと【虎の盾】ガイフク。

そしてここを守るのは指揮官であるリーシアと、

「さあ戦士たちよ！　敵にダークエルフ族の強さを見せつけるのです！」

「我らの武技で神護の森とこの国の平和を脅かす者どもを討ち果たすのだ！」

アイーシャの父ボーダンや、その弟ロブトール、ヴェルザの父スールを始めとするダークエルフ族の戦士たちだった。

彼らは大虎帝国軍の進路妨害の任務を終えると、本隊に合流してリーシアの指揮下に入ったのだった。弓術に優れたダークエルフ族の放つ矢が、敵の遠距離魔法攻撃を迎撃し、接近する戦士を次々と射貫いていく。

（そう言えばスール殿は砲弾を矢で射落としたんだっけ……本当に頼もしいわ）

そんなダークエルフ族の活躍を見ながら、リーシアはソーマ召喚一年目の戦争のことを思い出していた。あのとき、ルドウィンやハルバートやカエデらが時間稼ぎに籠もっていた砦《とりで》を守り切れたのには、ダークエルフ族の援軍があったのが大きい。

（神護の森と縁を結んでくれたアイーシャ様々よね……）

リーシアはこの場にいない第二正妃に感謝する。

そして馬上から、指揮下にある将兵たちに向かって声を張り上げる。

「みんな！　ダークエルフ族に後れをとってはダメよ！　種族に関係なく、この国に住む者として、私たちの家族と家を守り抜く！　それがこの戦いなのですから！」

「「「　オオオオオ！　」」」

リーシアの号令に配下の将兵たちが気を吐いた。そんなときだ。

「お妃《きさき》様！」「リーシア様！」

リーシアのそばにスールと、その娘でいまはハルバートの秘書官であるヴェルザが駆け寄ってきた。スールとヴェルザは戦場の林に潜伏して敵の様子を探っていたのだ。

そのことを知っていたリーシアは彼女たちに尋ねた。

「スール殿、ヴェルザ、戦場の様子は？」

「はっ！　敵の大将と思われる人物が、前線にかなり近いところで指揮を執っているとのことです」

「馬に乗った長い黒髪の美しい女性武将でした。おそらく……」

「……ムツミ殿ね」

リーシアは特徴からすぐに敵将がムツミであると理解した。

敵総大将フウガ・ハーンの愛妃が前線に出てきている。

それくらい敵も本気だということではあるが……これを放置しておくのは様々な意味で危険だとリーシアは判断した。そして即座に指示を出す。

「スール殿。ボーダン殿にしばらく私の代わりに指揮を執るようお願いして」

「えっ……あ、はっ。承知しました」

一瞬なにを言われたのかわからず目を丸くしたスールだったが、リーシアの眼差《まなざ》しに本気さを感じ、すぐに首肯した。

そして走り去るスールの背中を見送ってから、リーシアはヴェルザに言った。

「ヴェルザ。私をムツミ殿のところまで案内して」

「は、はい！」

◇　◇　◇

「はあああ！」「ぐっ……」

ムツミは馬上から炎を纏《まと》わせた長剣を振るい、王国側の騎士の一人を斬り伏せた。

鎧の上から胸を斬り裂かれた騎士は、苦悶《くもん》の表情を浮かべながら落馬する。

相手の絶命を確認してからムツミは自身の馬を落ち着かせ、味方の将兵に向かって声を張り上げた。

「まとまらないで！　数の優位を活かし、相手の注意を集中させぬよう広範囲を戦闘に巻き込むのです！　それが王国軍がもっとも嫌がる戦いでしょうから！」

兵数が相手より少ない軍勢は、自軍の兵を集中し、敵軍を分散させ、局地的に戦力差を逆転させて各個撃破を狙うものだ。

大軍が展開できない隘路《あいろ》に敵を誘い込んで、敵を端から少しずつ削っていき勝利するという戦い方は、歴史上にも散見される。

そして兵数で勝る側がそれをさせないためには、多くの部隊を相手に同時にぶつけて、戦力を集中させる隙を作らないことが必要だ。

つまるところいきなりの〝総攻め〟である。

ムツミがとっていた作戦はそういったものだった。

実際にリーシアの指揮する東側の陣地は、陣地とダークエルフ族の強弓を活かした長距離射撃で突出してくる部隊を一つずつ壊滅させていくような戦法をとっていた。

しかし帝国軍にいきなり総攻めされたことで、王国軍はダークエルフの弓兵隊を集中することができず、各方面への援護射撃のために分散させる必要があり、期待したほどの圧力にはなっていなかった。

するとムツミは長剣を前方に翳《かざ》すと、今度は敵兵に向かって叫んだ。

「命を惜しむ者は引きなさい！　名を惜しむ者は掛かってきなさい！　我が主君、稀代《きたい》の英雄フウガ・ハーンの大望を妨げる者は、私が斬ります！」

そのムツミの凛々《りり》しく、堂々とした姿に、王国軍の将兵たちは息を呑《の》んだ。

なにせムツミは東方諸国連合にいた頃から、その美しさと知勇兼備の才を認められていて、各国の有力な王族、貴族、騎士からの求婚が絶えなかったほどの才女だった。

フウガの妻となってからはその傍《そば》で戦うことが多く目立たなかったが、一人の将としての器はシュウキンに匹敵するほどの人物だった。

そんなムツミの気迫に王国軍の将兵たちがたじろいでいたとき、馬の蹄《ひづめ》の音が遠くから近づいてくるのがわかった。

喧噪《けんそう》に満ちた戦場の中で、なぜかやたらとハッキリと聞こえる蹄の音に、ムツミがそちらを振り向くと、そこには白馬に乗って颯爽《さっそう》と駆けてくるリーシアの姿があった。

「っ！　リーシア様!?」

「ムツミ殿！」（ガキンッ）

馬がすれ違う瞬間、挨拶代わりのように放たれたリーシアのレイピアによる一撃を、ムツミは長剣で受け止めた。

時間にするとほんの一瞬だが、相手がたしかに今し方、自分が口にした人物だと認識した両者はパッと距離を取った。

リーシアとムツミ。直接会ったのはバルム・サミットのときくらいで、あとは放送越しに少し会話した程度の関係だ。

普通の感覚でいえば知人程度だろう。

しかし、だというのにリーシアはムツミを、ムツミはリーシアを深く理解していた。

なぜなら二人の立場はとても似通っていたからだ。

愛する者の進む道に最後まで同行する覚悟を決めた女性であるという点で。

ムツミはリーシアの姿を見て表情を険しくする。

「ソーマ殿の妃が前線に出てくるのですか」

「それはお互い様でしょうが。貴女《あなた》の旦那様が世界中で戦を起こすもんだから、人材豊富なうちでさえ手が足りなくなるのよ」

「妃の手も借りるほど、ですか。それはご迷惑をおかけしています」

そんな軽口を叩《たた》きながらも、二人はジリジリと相手との間合いを測っていた。

そして今度はムツミが馬を走らせて仕掛ける。

首元を狙うように片手で長剣を突き出したムツミだったが、リーシアはそれをレイピアでいなす。そして素早く反撃を試みようとするが、ムツミの長剣のリーチに阻まれて踏み込みきれなかった。

そんな一進一退の攻防戦を馬上で繰り広げる二人。

両国の妃同士の戦いを、周囲にいた王国軍と帝国軍の将兵もハラハラしながら見守るしかなかった。割って入れば自国の妃を傷つける不安があったからだ。

兵士たちの注目を浴びている二人だったが、斬り結びながらも言葉を交わしていた。

「ムツミ殿にだってわかってるんでしょ！　本来なら、こんな戦いに意味なんかないってことが！」

「……」

レイピアで素早い連続攻撃を繰り出しながら、リーシアは訴える。

「ソーマが時代を変えたの！　これからはマリアのようなカリスマも、フウガのような英雄も必要のない時代になる！　フウガの時代は終わるのよ！」

「だとしてもです！」

ムツミはその攻撃を長剣ではじき返した。

「フウガ様が歩みを止めないなら、私が止まることはありません！　貴女がソーマ殿を信じ共に歩むと決めたように、私はフウガ様に添い遂げると決めたのですから！」

「気持ちは痛いほどわかるけど！　だからこそ、私は貴女に退《ひ》いてほしいのよ！」

リーシアはムツミの長剣にレイピアを叩き付けた。

「貴女だってわかっているはず。あの映像を世界に公表した時点で私たちは勝利できた。あの映像は世界に動揺をもたらすし、その動揺を貴女たちは抑え込むことができない。そのせいでフウガの野望には時間制限ができてしまった」

「……」

「だからあとは時間さえ稼げば……それこそ、一時的にでもパルナムを放棄して南に避難していれば、私たちはこうやって戦う必要もなく勝利できた。だけど、それをしてはフウガを支持する人々が〝フウガの時代の終焉《しゅうえん》〟を感じられない！」

「なにを……」

「終わった夢を、無理矢理もう一度、見ようとするかもしれない！　それを防ぎ、時代を変える最後の一手として、うちの参謀部は今日一日は戦うべきと判断したの！」

「……フウガ様の花道を用意した、ということですか」

ムツミも理解した。あの映像が世界に流されてしまった以上、この局面を覆すチャンスは今日一日の総攻めで敵を撃破するしかない、と大虎帝国側は考えた。

しかし、そのチャンスすら王国によって与えられたものだったようだ。

それを理解したムツミは、薄《うっす》らと笑みを浮かべた。

「そうと聞いては、ますます負けられません。フウガ様の……私の旦那様の一世一代の、最後の大舞台を彩らなければなりませんから」

先程より目を輝かせて言うムツミに、リーシアは奥歯を嚙《か》み締めた。

「くっ……頑固者！」

「お互い様でしょう！　でも、どうせなら一途《いちず》と言ってほしいです」

「……そうね。そっちのほうが私も良いわ」

そして一途な二人は再び剣を交えた。

卓越した武術を持つリーシアとムツミの戦いは荒々しくはなく、むしろ静寂を帯びていて、さながら剣舞のようでもあった。

そんな二人の戦いぶりに、周囲にいた両国の将兵たちも制止したり助太刀したりするこ

とを忘れ、戦いの手を止めて見入ってしまっていた。

「リーシア様！」

「ムツミ様！」

それはヴェルザとガイフクが遅れて合流しても変わらなかった。二人は周囲の目など気にせずに、存分に武技と意地とをぶつけ合っている。


――しかし、そのときだった。


「うっ……」

「っ⁉」

なんの予兆もなくムツミが苦悶の表情を浮かべた。

そしてわずかに振るった長剣の軌道がブレる。

あらぬ方向に空を切った長剣のせいで、ムツミはバランスを崩していた。

それは明らかな隙であったが、リーシアは振り下ろそうとしたレイピアを止め、手綱を引いて彼女から距離を取った。

するとムツミは口元を押さえながら、身体《からだ》を捻《ひね》ってリーシアから顔を背けた。

どうやらリーシアから見えないような位置で嘔吐《おうと》している様子だった。

その仕草を見て、リーシアは彼女の身に起きている現象に思い至った。

「ムツミ殿。貴女……」

「……なさけないことです」

口元を拭ったムツミは、悔しげな顔でリーシアを見た。

「あの人の妻として、あの人の力になりたいと願っているのに……この身体が〝妻であるがゆえに〟こんなときに死力を尽くすことができないのですから」

目に涙を溜《た》めながら自嘲気味に笑うムツミ。

ムツミはフウガの子を身籠もっていたのだ。

そんな身体で戦っていたことを知り、リーシアは居たたまれずに叫んだ。

「なさけなくなんかない！　それは、とても素晴らしいことだわ！」

「そうでしょうか？　なにより大切だと考えていたあの人の力になれないのに？」

「ふざけないで！」

ムツミの悲しみを帯びた瞳を見たリーシアは、ついさっきまで死力を尽くして戦っていた相手であるにもかかわらず、叫んだ。

「ソーマは子供が生まれたとき『命の優先順位が変わった気がする』って言ってたわ。優先順位が変わっても、これまでの大事なものが消えるわけじゃない！　ただ大事にしたいものが増えただけ！　それだけなのよ！」

そしてリーシアはなにかを探すように周囲を見回した。

そして一際立派な体格に厳《いか》つい鎧《よろい》を着けたガイフクに目を留めた。

「そこの将！　立場のある武人なのでしょう！　いまの話を聞いていたのなら、すぐにムツミ殿を下げなさい！」

「うぐっ……了解した！　皆、ムツミ様と〝お子〟のために敵を防ぐのだ！」

ガイフクは敵に命じられることに不満を持ちながらも、そんなことよりいまはムツミの安全が第一だと割り切って、ムツミの乗る馬を本陣に向かって走らせた。

そして自分はその背を守らんと配下と共に王国軍と対峙《たいじ》した。

そんな決死の覚悟のガイフクたちに対し、リーシアはムツミの離脱が完了するまで、無理に攻撃させようとはしなかった。

「……逃がしてしまって良かったんでしょうか？」

弓に矢を番《つが》えて敵を警戒しながらヴェルザがリーシアに尋ねた。

すると馬上のリーシアは、真《ま》っ直《す》ぐに前を向いたまま答えた。

「ムツミ殿と子供になにかあっては、この戦いの終わりが見えなくなるわ。仮に捕らえたとしても自害されてしまったら同じこと。フウガを失うもののない悪鬼にさせないためにも、彼女には生きてもらわなければならないから」

こうして東側陣地の戦いはムツミの離脱はあったものの、ガイフクが指揮を引き継いで奮戦し、西側と同じように膠着《こうちゃく》状態になる。

そしてこの誰にとっても苦《にが》い戦争の趨勢《すうせい》は、中央の軍団の攻防戦の結果に委ねられることになったのだった。

◇　◇　◇

――フリードニア王国の中央陣地。

東西の戦闘が膠着する中、中央でも激戦が行われていた。

いや、むしろ両国共に中央に多く兵を配置している様子であり、東西の陣地よりもその攻防戦は激しかった。

王国側は軍師ユリウスが指揮を執り、帝国側は参謀ハシムが指揮を執っている。

両者ともに知略と武勇に優れた将であるため、戦いながら指揮を執っていた。

「地の利を活《い》かせ！　防壁を利用しろ！　崩れそうなところがあれば報告！　カエデ嬢が土系統魔導士を連れてきてくれるから、それまで耐えるのだ！」

防壁に迫る兵を迎撃しながら、ユリウスがそう叫べば、

「数を利用し、敵に休む暇を与えるな！　相手は我らの波に押し込まれまいと必死なのだ！　我らは存分に動き、敵の目をこちらに引きつけるのだ！」

攻めるハシムもそう命じて、着実に攻勢を強めていった。

そんな前線の様子を、中央に配置されたハルバート、カエデ、ルビィのマグナ家メンバーは、やや後方から見ていた。いや、むしろ後衛に配置されているため見ていることし

かできなかった、と言うべきだろう。

ハルバートは苛立《いらだ》ったように右拳を左の手のひらに打ち付けた。

「くそっ。みんな戦ってるってのに、俺たちは見ているだけなのか」

「もう。そういう作戦だったでしょうが」

歯痒《はがゆ》そうに言うハルバートに、ルビィが溜息《ためいき》交じりに言った。

ただルビィも気が急《せ》いているのか、赤い尻尾がビタンビタンと地面を打っていた。

「落ち着いてくださいです、二人とも」

ハルバートの隣にいたカエデがそんな二人を宥《なだ》めた。

「フウガ・ハーンがドゥルガに乗って突っ込んできたら、足止めできるのはハルとルビィくらいなのです。だからハルたちはフウガが現れるまで待機。それが作戦でしょ？」

そう言ったカエデだったが、キツネ耳をペタンと垂れさせた。

「……本当はハルにも、フウガ・ハーンとは戦ってほしくないのです。あの人物は作戦など関係なく、たった一騎で戦況を変えうる存在。そんな人物の前にハルやルビィを立たせるなんて、見てるこっちは気が気じゃないのです」

「「……………」」

武勇の腕は王国最強のアイーシャ以上。

放つ電撃は黒龍ナデンのものにも匹敵する。

そして帝国の聖女と呼ばれたマリアにも劣らないカリスマ性をもって戦場で暴れれば、

配下の将兵を死も恐れぬ狂戦士《バーサーカー》へと変貌させる英雄フウガ・ハーン。

そんなフウガという存在を王国側は最大の警戒対象としていた。

そんな単体でも恐ろしいフウガには飛虎ドゥルガという足がある。

飛虎ドゥルガとのコンビではノートゥンの竜騎士を何騎も屠《ほふ》り、シィル女王とパイのコンビに深い手傷を負わせた。

生半可な者では……そもそも空を飛ぶ手段もない者では捨て石となって道を阻むことさえできない圧倒的な存在に対して、王国はハルバートとルビィの竜騎士コンビと、ススムくんマークVライトを積んだ飛竜騎兵《ワイバーン》の精鋭をぶつけて止めるしかないと考えていた。

だからこそ、ハルバートたちは眼前の戦いに加わることが許されないのだ。

するとそんな三人のもとに大柄な人物が騎馬で駆け込んできた。

褐色の肌に部族風の衣装を纏《まと》ったその人物は、いまはユリウスの腹心兼朋友《ほうゆう》として戦っているジルコマだった。

「カエデ殿に報告！」

「ジルコマ殿！　どうしましたか？」

カエデが尋ねると、ジルコマは馬を落ち着かせながら言った。

「ユリウスからの指示だ！　敵のライノサウルスが積んだカノン砲の集中砲撃を受けて、防壁の一部が崩されかかっている！　カエデ殿には至急、土系統魔導士による修復の手配をお願いするとのこと！」

「わかりました。私自身が行ったほうが早いです」

「む、カエデ殿自身がですか？」

「はい。だからジルコマ殿、乗せていってください」

そう言うと、カエデはジルコマの乗っている馬の後部に乗せてもらった。

そして彼女はハルバートとルビィを見て言う。

「聞いていたとおりです、ハル、ルビィ。私は行きますが、どうか無茶だけはしないでほしいのです。戦に勝っても私とビルだけが残されるなんて……嫌ですからね」

カエデの言葉に、ハルバートとルビィは頷《うなず》いた。

「わかってる。カエデも無茶すんなよ」

「任せなさい。ハルは絶対、私が守るわ」

二人の返事を聞き、カエデは少しだけ表情を緩めた。

「ルビィ自身も守らなきゃダメですよ。みんな揃《そろ》ってお家に帰るのです。お家に帰るまでが戦争なのですからね。それじゃあ……行きましょう、ジルコマ殿」

「はっ。承知した」

カエデはジルコマと共に、前線へと向かったのだった。

◇　◇　◇

ジルコマがカエデを連れて前線に戻る頃。

ユリウスが崩れそうな防壁の上で敵を防いでいた。

帝国軍によるカノンライノサウルスからの砲撃はまだ続いているが、弓矢や遠距離攻撃手段を駆使して迎撃している様子。

しかし、上空から飛来する砲弾に気をとられれば、着実に攻めてくる地上の兵たちへの対応が疎《おろそ》かになるため、ユリウスはこれを迎え撃っていたようだ。

「ユリウス！　カエデ殿をお連れしたぞ！」

ジルコマが呼び掛けるように声を張り上げると、二人に気付いたユリウスは少しホッとしたような顔を見せた。

「ああ、助かった。フウガに備えて守りを固める必要があったせいで、砲撃され放題になってしまってな……対応が後手に回っていたのだ」

するとジルコマに馬から降ろしてもらったカエデが、ユリウスに駆け寄った。

「ユリウス殿。どの程度修復すればいいのですか？」

尋ねられたユリウスは防壁の崩れた箇所を指差しながら言った。

「崩れた箇所の前に土の壁をドンドン作ってほしい。堅牢《けんろう》さはいらない。どうせ砲弾が飛んでくるのだから、崩されることは織り込み済みで、とにかく壁を作り続けてくれ」

「了解なのです」

カエデはそう言うと両手を地面に向けた。そして……。

「……えい！」

ドゴゴゴゴ！

カエデが両手を挙げると、まるで地面から大きなカブが抜けるかのように土壁が盛り上がってきて、殺到してきていた帝国の兵士たちを防いだ。

万全とは言えないがコレで一息吐《つ》ける。

ユリウスが胸を撫《な》で下ろしていたそのときだった。

「ユリウス・アミドニア！」

よく通る声が防壁の向こうから聞こえてきた。

そして兵士たちと共に防壁を登ってきた人物が、ユリウスに斬りかかった。

ユリウスは咄嗟《とっさ》に剣を掲げて防ぐ。ガキンッと鉄のぶつかる音が響き、ユリウスは相手の顔を至近距離で確認した。

「ユリウス！」

「ユリウス殿!?」

ジルコマとカエデが焦ったように叫んだ。

「っ!?　ハシム・チマか！」

斬りかかってきたのはハシムだった。

帝国の参謀が、兵を率いてこんな最前線まで攻め上がってきたらしい。

彼の衣服は返り血によって赤く染まっていた。

多くの王国軍兵士を斬り倒してここまで来たのだろう。

ユリウスが東方諸国連合にいた頃に聞いた、チマ家の中で知勇共に随一という評判は伊達《だて》ではなかったようだ。

「ユリウス。貴様はなぜ、この国に与《くみ》している」

斬りかかりながら、ハシムはユリウスに言った。

「？　なにを言っている？」

「貴様の父ガイウスは打倒エルフリーデン王国を掲げ、エルフリーデン王国に討たれたと聞く。そんな父の思いを継ぐべき貴様が、なぜソーマの犬に成り下がっている？　なあ、ユリウス・アミドニアよ」

「くっ……耳障りの悪いことをベラベラと。……そもそもだ！」

ユリウスはその攻撃をはじき返した。そしてハシムに切っ先を向ける。

「いまの私はユリウス・ラスタニアだ！　そこを間違えられては困る！」

「父の悲願を、貴様は踏みにじると？」

「父から受け継いだものはたしかにある。アミドニア生まれの男としての気骨とかな。だが、いまの私には他にも大事なものがある」

父の無念を忘れたわけではないが、いまユリウスの中で大きなウェイトを占めているのは、妻ティアと息子のディアスを始めとするラスタニア王家の人々だった。

死んだ父に対しては弔うことしかできない。

しかし、いまを生きる大事な人々のためにやるべきことは多い。

するとは今度は逆にユリウスがハシムへと斬りかかった。

「……なるほど。私に〝それ〟を指摘するということは、貴様自身が〝それ〟に囚《とら》われているということか。〝父の悲願を果たす〟という呪縛に」

「ちぃっ」

「貴様は父マシューを裏切ってフウガ・ハーンにつき、父を討った。だがあの人物の性格を考えるに、その裏切りさえもマシューの意志に沿った行動なのだろう？　だから貴様には妹でありフウガの妃《きさき》であるムツミ殿への後ろめたさが感じられない」

ユリウスはハシムの目を真《ま》っ直《す》ぐに見つめながら言う。

「貴様を突き動かしているのは『謀略の限りを尽くし、チマ家の名を大陸中に轟《とどろ》かせる』という、父から受け継いだ悲願だ。そのためなら、どんなに手が血にまみれようが構わないと。それしかないから、躊躇《ためら》わずに突き進める」

「それがなんだと言うのだ」

ハシムが苛立たしげに言うと、ユリウスはハッと鼻で笑った。

「狭いんだよ、貴様の了見は。大事なものは一つしかなく、他を斬り捨てた時点で自分の限界を作ってしまっている。自由気ままな気風のフウガ軍の中で、貴様が一番不自由をしているではないか。それでフウガの参謀を名乗るとは恐れ入る」

戦場の空気にあてられたのか、ユリウスの毒舌が鋭さを増していた。

若干、アミドニア公子だった頃の腹黒さを取り戻しているかのようにも見える。冷静な表情を崩さなかったハシムも、さすがに怒りを滲《にじ》ませていた。

「黙れ！」

ハシムが苛立《いらだ》ちをぶつけるように剣を振るうと、ユリウスは後方に跳んで回避した。すると、剣を振りきったあとのハシムに大きな影が襲いかかった。

「加勢する、ユリウス！」

ジルコマが二本のククリ刀のような形状のナイフでハシムに斬りかかった。

ハシムはその一本を剣で受け止める。

そしてもう一本が迫る前にジルコマの腹を蹴り飛ばした。

「邪魔をするな！」

「ぐっ」

よろめき数歩下がったジルコマの身体《からだ》をユリウスが支えた。

そして体勢を立て直したジルコマと共に、ハシムに対峙《たいじ》したユリウスは言った。

「大事なものを一つに限定せず、視野を広げることができていれば、家族や友といった傍《そば》にいてくれる存在に気付けただろう。いまからでも嫁をもらったらどうだ？」

「ぬかせ。その舌を斬り、妄言を吐けぬようにしてくれよう」

ユリウスの言葉を挑発と受け取ったハシムは、再び剣を構えたのだった。

◇　◇　◇

各地で熾烈《しれつ》な戦いが繰り広げられている中、男はゆっくりと進んでいた。

肩に愛用の斬岩刀を担ぎ、飛虎ドゥルガの背に乗って、のっしのっしと眼前の戦場へと向かっていく。

目の前では王国軍と帝国軍とが決死の攻防戦を繰り広げているにもかかわらず、男の心は静かで、また物見遊山にでも行くかのようなリラックスした様子だった。

フウガ・ハーン。

ハーン大虎帝国皇帝。時代の寵児《ちょうじ》。

血と死が撒《ま》き散らされている戦場。

それはフウガにとっての日常であり、遊び場でもあり、生きがいでもあった。戦って、戦って、戦って……フウガはここまで来た。

大国を築き上げ、皇帝となり、魔王領も解放して比類無き名声も手に入れた。

だが、心のどこかでずっと思っていた。

夢から醒《さ》めるように、いつかこの日常も終わりを迎える日が来る。

負ければ、あるいは討ち死にすればそこで終わりだが、勝ち続けて地上から敵がいなくなったときも、フウガにとっての日常は終わるのだ。

その次に始まる平穏な時代には自分の居場所はないと思っていた。だからこそ、最後のそのときまで精一杯戦い抜こうとここまで我武者羅に走ってきたのだ。

（……だが、それもそろそろ終わりのようだ）

いま時代が変わろうとしている。

ソーマが次の世界の有り様を示したことで、人々の興味はそちらへ移りつつある。

実際にフウガの心も揺れていた。

次の時代もなんだか楽しそうじゃないか、と。

ソーマとの戦争などさっさと切り上げて、単身、北の世界へと乗り込みたいという欲求はたしかに存在している。

……しかし、それをするにはフウガは多くのものを背負いすぎていた。

フウガに夢を託して散った者たちが、あるいはフウガの犠牲になった者たちが、この時代の決着をつけるまでフウガに投げ出すことを許さない。

それが英雄フウガの背負っている業。

（ユリガはそれでも、俺が投げ出すことを願ってくれていたようだがな……でもまあ、行くと決めたこの道。その果てを見るまでは止まれんさ）

死者たちに背中を押されるようにして、フウガはドゥルガを走らせた。

第三章　時代を駆け抜ける

「……シッ」（ヒュンッ）

「くっ!?」

喉元に迫ってきたハシムの切っ先に、ジルコマは顔を引きつらせながら飛び退《の》いた。

その逞《たくま》しい褐色の腕にはいくつかの生々しい傷ができている。

そのすべてがハシムの剣によって付けられたものだった。

「大丈夫か!?　ジルコマ！」

そう言って駆け寄ったユリウスだったが、彼もまた脇腹を押さえている。

致命傷ではないが、これもまたハシムとの戦闘で痛めた場所だった。

「文官みたいな風貌なのに、とんでもなく強いな……」

「ああ。本当に敵に回すと厄介な男だ」

ジルコマが忌々しげに放った言葉にユリウスも同意した。

帝国の民たちからは【虎の知謀】と讃《たた》えられるハシムは参謀役でありながら、王国が誇る知将と猛者の二人を相手どって圧倒してみせたのだった。

（くそっ……まさかハシムがここまでの使い手だったとはな）

ユリウスは内心で舌打ちをしていた。

戦闘にも長《た》けた頭脳派というポジションでは、王国でも秀でているほうだという自負がユリウスにはあった。しかしハシムはその上を行っていたようだ。

その事実にユリウスのプライドは若干傷つけられたが……。

「……フウガの参謀殿はとてもお強いようだ」

「……」

そんなことはおくびにも出さず、ユリウスは挑発的に言った。

「だが良いのだろうか？　参謀役の貴殿が我々にばかりかかずらっていて。軍に指示を出す暇もないように見受けられるが？」

半分はブラフを含んだ挑発。

これで意識がわずかにでも逸《そ》れれば戦いやすくなるのでは、と期待してのものだ。

しかし残り半分は事実を告げていた。

ユリウスたちとの戦闘に入ってから、ハシムが軍に指示を出す様子は見られなかった。

ユリウスが事前に、この中央陣地にいる軍の指揮をカエデに任せているのに対して、ハシムがそのようなことをする様子はない。

王国側にはリーシア、エクセル、ルドウィンなど、全軍の指揮を執れる人物は多いが、大虎帝国側だとシュウキン不在のこの場にはフウガとハシムしかいない。

そのはずなのに、ハシムは半ば指揮を放棄しているように見えた。

ユリウスはそこを指摘しているのだ。

「まさか、フウガに指揮を執らせているのか？　この局面で最大戦力のフウガを遊ばせておくなど正気の沙汰とも思えんが……」

「……ククク」

すると、ハシムは喉の奥を鳴らすかのような声で笑い出した。

見た者をゾッとさせるような凍《い》てついた笑みを浮かべながら、ハシムは言う。

「わかってないようだなぁ、ユリウス？」

「なに？」

「この戦いが始まったときから、こちらが切羽詰まった状況だということは百も承知だ。だからこそ、とるべき策など、最初からたった一つしかなかろうが」

そう言うと、ハシムは剣を持っていない手を耳の横に当てた。

「お前たちには聞こえないか？　英雄の鼓動が。時代を踏み潰す足音が」

「なんだと？」


ワアアアアアアアア!!


すると、遠くのほうから歓声のような、悲鳴のような、叫声のような……あるいはそのすべてのような声が聞こえてきた。

遠くから聞こえているはずなのに大きく聞こえるということは、それだけ大きな声だということなのだろう。

ハシムはそんな絶叫を聞き、満足げに笑った。

「ククク。事ここに至っては臨機応変な策など必要ないのだよ。たった一人で戦術も、戦局も、時代の流れさえもひっくり返す存在。我が主君。英雄フウガ・ハーン。彼の御仁をソーマのもとにまで辿《たど》り着かせること。それが私を含めた大虎帝国の将兵たちすべてに与えられた、たった一つの作戦目標なのだ！」

「っ!?　まさか!?」

そのための総攻撃。ユリウスは息を呑《の》んだ。

戦力の集中などは行わず、東西中央と広い面で接敵して敵を広範囲で拘束する。

そうして王国軍の注意を分散させて、たった一本の針のような、それで刺されば確実に死に至る毒針のようなフウガ・ハーンの攻撃をソーマまで届ける。

それがハシムの考えた作戦だったのだ。

刺されば勝ち、刺さらねば負け、というシンプルで変更不可能な作戦で動いていたからこそ、ハシムは途中で軍に指示を出す必要がなかったのだ。

全員が力尽きるまで戦えばいい、というただそれだけのことなのだから。


ドッゴーン!!

邪悪な笑みを浮かべるハシムの向こうで、稲妻が走り、次いで大きな音が大地を震わせ、土煙が立ち上るのを見た。

それだけでなく、鎧《よろい》を着た人が、馬が宙を舞っている。もちろん自分の意思で浮かんでいるわけではなく、地上からの攻撃によって弾《はじ》き飛ばされたのだ。

「「なっ⁉」」

「「……………」」

「ククク」

ユリウスたちがいる場所からは、土煙の中心の様子は見えない。

にもかかわらず誰の手によるものなのかは明白だった。

ハシムは剣をユリウスたちの後方、王国軍の本陣へと向けた。

「さあ、駆けろ英雄！　その才器で天も、時代も、すべてひっくり返せ！」

ハシムがそう叫んだとき、

――三人の頭上を白虎が通過していった。

◇　◇　◇

「カッカッカ！　楽しいなぁ、ドゥルガ！」

王国軍の一部隊を雷撃を帯びた斬岩刀の一撃で木っ端みじんに粉砕し、空へと舞い上がったフウガはドゥルガの背をさすりながら言った。

いままさに一つの時代が終わろうとしている。

もうすぐこの祭りのような狂騒が終わる。そう感じたからこそ、この時代を最後の一瞬まで堪能し尽くそうと、フウガは心を躍らせていた。

「ソーマには感謝だな！　最後にこんな大舞台を用意してくれたんだからよ！」

夢に決着をつける最後の晴れ舞台。そこでフウガは舞い踊る。

道中の王国軍の将兵たちを粉砕し、恐怖を刻みつける。

この時代が誰の時代だったのかを覚え込ませるように。

あるいは散る花や空を駆ける流星のように、これが最後の輝きだと言わんばかりに。

戦い、駆け抜け、ソーマがいるであろう本陣を真《ま》っ直《す》ぐに目指す。

いまこのときは誰かの期待を背負っての英雄などではなく、一人の男、フウガ・ハーンとして、望むままに、我《わ》が儘《まま》に戦って良いのだと許されたような気がしていた。

そうして進撃を続けるフウガとドゥルガだったが……。

「フウガアアア！」

『ガオオオオ!!』

空から飛来した赤竜とそれを駆る騎士がフウガたちに襲いかかった。

◇　◇　◇

急降下と同時に、フウガが駆る飛虎ドゥルガに対して、赤竜ルビィは前肢の爪の一撃を叩《たた》き込もうとする。

「ドゥルガ！」

フウガがそう声を張り上げると、ドゥルガは上を向いた。

そして迫り来る爪の攻撃を、同じく自身の前肢の爪で迎え撃つ。

ガキンッと硬質なもの同士が衝突する音が鳴り響く。

巨大な赤竜と真っ向から力比べをしても、ドゥルガはパワー負けしていなかった。

「フッ……っ！」

満足げな顔をしていたフウガのもとに、炎を纏《まと》った短槍《たんそう》が襲いかかった。

「くっ！」（ガンッ）

フウガはそれを斬岩刀で弾き飛ばす。

弾かれた短槍は明後日《あさって》の方向に飛んでいこうとしたが、石突きから伸びている鎖によって引き戻され、持ち主の手に返った。

フウガはその短槍の持ち主を獰猛《どうもう》な目で見つめた。

「やはりお前が俺の前に立つか！　ハルバート・マグナ！」

「はんっ。アンタに名前を覚えてもらってたとは光栄だな」

ハルバートは挑発的に鼻で笑ってみせた。

「皇帝様にとっては、敵は等しく石ころみたいなものなんじゃないのか？　自分の道を歩きにくくしてるだけの、蹴り跳ばすか踏み潰すかすればいい相手なんじゃ？」

「カッカッカ！　とるに足らぬ将ならばな！」

フウガは愉快そうに笑っていた。

「だが、王国随一の竜騎士ともなれば話はべつだ。フリードニアの者たちの中で、もっとも警戒せねばならない者の一人だろう。それはつまり、俺を楽しませてくれそうな者の一人ということだからな」

「……べつに、アンタの酔狂のために戦うつもりはない」

するとハルバートは右手の槍先《やりさき》をフウガへと向けた。

「俺の守りたいものをアンタらに踏みにじらせたくないから戦うんだ。そのためだけに、俺もルビィも、ソーマを始めとした王国のみんなも備えてきたんだからな！」

ハルバートの言葉に、フウガは自分の口角が上がるのを感じていた。

「嬉《うれ》しいねぇ。まさに最恵国待遇ってヤツだ」

「これで喜ぶバカはアンタくらいだろう」

「カッカッカ！　違いない。さあ、やろうぜハルバート・マグナ！」

「ルビィ！」「ドゥルガ！」

二人は同時に指示を出し、ルビィとドゥルガが離れた。

そして距離が空いた瞬間、フウガは武器を弓に切り替えて立て続けに矢を放った。

自慢の剛弓でハルバートたちを射貫《いぬ》こうとしたのだ。

「させるかよ！」

ハルバートは二本の短槍や鎖を駆使して、さながらミサイルのように飛来するフウガの矢をすべて弾き飛ばしてみせた。

この荒技にはさすがのフウガも舌を巻いていた。

ハルバートは竜挺兵《ドラトルーパー》の降下訓練中に、何度となく対空連弩砲《れんどほう》の矢を斬り落とす訓練を重ねてきたのだ。その経験が活《い》かされた形だった。

「カッカッカ！　やるじゃねぇか！　ノートゥンの女王と白竜より楽しめてるぜ！」

『ちょっと！　パイを侮るのは許さないわよ！』

友人を馬鹿にされて怒ったルビィが叫んだ。

そして遠距離では決着がつかないと見ると、ルビィとドゥルガが再び激突した。

ルビィはドゥルガと組み合うと、長い尻尾をドゥルガの後肢に巻き付ける。

「ちっ」

ドゥルガの動きを封じられたフウガが舌打ちをする。

そうしてドゥルガを拘束した状態で、フウガに向かってその大きな顎《あぎと》を開いた。

『喰《く》らいなさい！』

「させるかよ！」

ルビィの口から火焔《かえん》が放たれる。

と、同時にフウガは斬岩刀の先から雷撃を放って迎え撃った。


バァチィィィン!!


火焔と雷撃がぶつかり、火花とスパークが弾け飛ぶ。

次いで襲ってきた衝撃でルビィとドゥルガは弾き飛ばされ、また距離が空いた。

飛竜《ワイバーン》のものとはわけが違う、竜《ドラゴン》の放った火炎攻撃を、人が真っ向から打ち破ってみせたのだ。ハルバートとルビィは表情を険しくした。

『アイツ……マジなんなの?』

「くそっ、やっぱ化け物だな」

ある程度は予想していたことだが、フウガの規格外の強さに二人が息を呑んでいた……

そのときだった。


ボボボボボンッ!


突如飛来した無数の火球がフウガたちに襲いかかった。

火球が来た方向を見ると『ススムくんマークVライト（簡易版マクスウェル式推進機）』

を装備した飛竜騎兵隊《ワイバーン》が、戦う二騎のもとに急速接近すると同時に、フウガたちに向かって一斉に火球を放ったのだ。

「……ちっ」

『ガルル』

迫る炎をフウガは斬岩刀で、ドゥルガは前肢や尻尾ですべて叩き落とした。

ルビィの火焔すら防げるフウガとドゥルガにとって、この程度の攻撃は飛んでいる虫を叩き落とすようなものである。

しかし飛竜騎兵隊《ワイバーン》は構わず、ハルバートやフウガの頭上を通過していった。

推進機を使っての一撃離脱戦法だ。

フウガたちに与えたダメージこそ皆無であったが、ハルバートとルビィが体勢を立て直す時間はしっかりと稼いでいた。

さながら怪獣と戦う巨大ヒーローのために援護射撃をする、科学防衛隊の戦闘機のような戦い方だった。決定打にはならなくとも、アシストさえできればそれでいいと。

その間に体勢を整えたハルバートたちは、再びフウガたちと激突する。

「まだまだぁ！」

「カッカッカ！　良いねぇ！　一国まるごと相手してるようで愉快だわ！」

何度も鎬《しのぎ》を削る二騎。

ただ実力はやはりまだフウガが勝っているようだ。

ハルバートは何度も追い詰められることになる。

しかしその度に飛竜騎兵《ワイバーン》隊による一撃離脱の援護攻撃が行われ、ハルバートたちが立て直す時間を稼いだため、フウガもなかなか攻めきることができなかった。

逆にハルバートは根性で何度でも立て直して食らい付いていく。

「くっ……こうなってくると鬱陶しいな」

もう何度目かの飛竜騎兵《ワイバーン》隊による援護攻撃が飛んできたときには、フウガも苦虫を噛《か》み潰したような顔をしていた。

仕方ないからまた払いのけようとした、そのときだ。

「「フウガ様!!」」

急接近する王国側の飛竜騎兵《ワイバーン》隊の進路に、帝国側の飛竜騎兵《ワイバーン》が割って入ったのだ。

急な乱入者の出現に、止まれなかった王国側の飛竜騎兵《ワイバーン》が激突する。

空中で激突した二騎は揃《そろ》って地上へと落下していった。

これを見た王国の飛竜騎兵《ワイバーン》隊はフウガへの攻撃を中止して、一旦散開する。

するとバラバラと、フウガの周りに帝国の飛竜騎兵《ワイバーン》が集まってきた。

フウガが先行しすぎたため帝国側の飛竜騎兵《ワイバーン》が遅れていたのだ。

「フウガ様！　敵の飛竜騎兵《ワイバーン》は我々が押さえます！」

「陛下はどうか先にお進みください！」

「どうぞ本懐を遂げてください！　陛下！」

王国と帝国とでは飛竜騎兵《ワイバーン》の装備の質が違う。

もしグリフォン騎兵であったら推進機付きの飛竜騎兵《ワイバーン》に対応できただろうが、彼らすべてはクレーエと共にカストールの空軍を押さえるために紅竜城邑《こうりゆうじようゆう》に残してきた。

帝国軍のただの飛竜騎兵《ワイバーン》では、推進機で一撃離脱をかけてくる王国軍の飛竜騎兵《ワイバーン》と戦ったところで、一方的に蹂躙《じゆうりん》されるだけだろう。

それでも彼らはフウガの盾になろうとしているのだ。

フウガの夢が、自分たちの夢だと信じているから。

「……わかった」

フウガは頷《うなず》くと、再び王国軍の本陣へと向けて駆け出した。

王国の飛竜騎兵《ワイバーン》隊はそれを阻もうとする。

しかし、それを帝国の飛竜騎兵《ワイバーン》隊が文字どおり身を挺《てい》して守る。

「くそっ……ルビィ！」

『わかってるわ！』

いまフウガの道を阻めるのは、再びハルバートとルビィだけになってしまった。

「フウガアアアア！」

ハルバートが叫びながら炎を纏わせた槍をフウガに放つ。

「アンタは、またそうやって人を死に駆り立てる！　アンタが夢のためだと歩みを進める分だけ、アンタのために命を投げ出す者が増えていく！　いい加減、止まれ！」

「俺が突き進むことを、アイツらが望んでいるのさ！」

フウガはハルバートの攻撃をはじき返しながら言った。

「俺が人に夢を見せているだけではない！　人々の夢もまた俺に託されているからこそ、俺はここまで駆け抜けることができる！　俺のために倒れた者、道半ばで俺に倒された者、そんなヤツらの思いや業を引き継いでいる以上、俺は止まれんのだよ！」

「だからって、死んだヤツらのために、いま生きてる者たちを巻き込むな！」

『そうよ！　良い迷惑だわ！』

ルビィがドゥルガの側面に体当たりを喰らわせる。

『アンタの世界観だけで作った物語に、私たちを巻き込むんじゃないわよ！　夢は好きに見ればいいけど、その前に優先すべきことがある！　大事にしなければいけない人がいる！　私だって、ビルくんみたいなハルとの子供がほしいんだから！』

「くっ」（グラッ）

ルビィの熱意が籠もった体当たりに、ドゥルガもたじろいだ。

だが、それでもフウガたちは進み続ける。

そしてソーマがいるであろう王国軍の本陣も迫ってきた。すると、

『ガオオオオオオオ！』

咆吼《ほうこう》と共に、その王国軍の本陣から黒く大きなものが飛び出してきた。

さながら滝を上るかのように天へと舞い上がったその姿はまさしく黒龍。

ソーマの第二側妃であるナデン・デラール・ソーマだった。

そしてナデンの頭にある立派な鹿角の間には、凜々《りり》しいダークエルフの女戦士が大剣を担いで立っていた。

ソーマの第二正妃アイーシャ・U・エルフリーデンだ。

「貴方《あなた》を陛下のもとへは行かせません！　行きますよ、ナデン殿！」

『合点承知よ！』

ソーマの二人の妃《きさき》がフウガとドゥルガの前に立ち塞がった。

「来たな！　王国最強！」

黒龍ナデンの額の上に立つアイーシャの姿を見て、フウガは嬉《うれ》しそうに叫んだ。

ソーマとナデンという特殊な事例を除けば王国随一の竜騎士と、王国最強の戦士が自分の道を阻もうと立ち塞がる。

それだけ王国にとって自分は脅威だと、強敵だと思われているということであり、フウガの自己肯定感を刺激したのだ。

「ナデン殿！」

『合点承知！』

アイーシャの声に応えるように、ナデンは頭を大きく振った。

すると頭上のアイーシャが砲弾のような勢いでフウガたちに向かって飛んでいく。

いきなり砲弾みたいにぶっ飛んできたダークエルフの戦士にフウガは目を瞠《みは》ったが、いち早くドゥルガが爪で迎撃した。

「はあああああ!!」

ガキンッ!!

その爪に目がけて、アイーシャが大剣を叩《たた》き付ける。

両者の一撃が激突した次の瞬間、竜《ドラゴン》とも戦えるドゥルガがなんと力負けをして腕を大きく弾《はじ》かれた。

「うおっ!?」（グラッ）

ドゥルガは一瞬ではあるが空中での姿勢を制御できなくなった。

背に乗るフウガは慌ててその毛を摑《つか》み、なんとか振り落とされるのを防いだ。

危うく地上へ真っ逆さまに落ちるところだった。

これにはさしものフウガも冷や汗を搔《か》いていた。

「危ねぇとこだった……相変わらずの馬鹿力だな」

フウガが見つめる先では、攻撃を弾かれて落下しかけていたアイーシャをナデンが摑み、再びその頭に乗せていた。

アイーシャはナデンと竜騎士契約を結んではいない。

だからソーマと違って落下防止などの加護を受けることはできない。

だったらいっそのこと、乗り降り自由であることを利用しようと二人が考えたのがいまの奇襲だった。

『あーもう、アレを凌《しの》がれるなんてアリ？』

「同じ手は通用しそうにない相手ですからね。いまの一撃で決めたかったです」

渾身《こんしん》の奇襲を凌がれて二人は悔しそうな顔をしていた。

しかし、気を取り直したようにアイーシャは大剣を構えた。

「だとしてもここでフウガを止めます。陛下のもとには行かせません」

『当たり前よ！』

ナデンもそう応じて、ハルバートとルビィのほうを見た。

『大丈夫、アホルビィ？　疲れてない？』

『……誰に言ってるのよ、バカナデン。まだまだ余裕よ』

「ハルバート殿！　主攻は空戦に慣れている貴方たちです！　援護しますので、存分に戦ってください！」

「りょ、了解！」

ナデン&アイーシャ、ハルバート&ルビィがフウガの前に立ち塞がる。

この二組こそがソーマへの道を阻む最後の関門なのだろう。

フウガは獰猛《どうもう》な笑みを崩さなかった。

強き者たちがこぞって自身に戦いを挑んでくることの愉悦。

それは最強の頂《いただき》にいる者しか味わえない快楽だった。

「良いぞ！　まさに最後の大舞台にふさわしい布陣だ！」

「っ！　フウガ殿、貴方は……」

「さあ、死力を尽くして戦おうじゃないか！」

なにかを言いかけたアイーシャの言葉を遮り、フウガはドゥルガを駆けさせた。

ナデンもルビィもその突進を阻もうとはするものの、フウガとドゥルガの人虎一体の攻撃は鋭く、防ぎ続けることが困難な突破力があった。

ハルバートは炎の槍《やり》で、アイーシャは風の刃でフウガを攻撃するも、フウガはそのすべてをいなして反撃する。フウガの表情にもまだまだ余裕が見える。

「ほらほら、どうしたどうした！」

「ぐっ……」

「このっ」

実力者四人で攻撃しているにもかかわらず、フウガとドゥルガのコンビを止めることができない。どんな攻撃を受けてもフウガは前へと突き進む。

守るべき者のために倒れられない四人と、死なばそれまでと腹をくくり、負傷や命の危機を顧みないフウガ。その意識の差が如実に表れているかのようだった。

こうしている間にも、フウガはどんどん王国軍の本陣へと近づいていく。

本陣の兵士たちの顔が視認できる距離に来たとき、アイーシャは意を決して言った。

「このままでは……ナデン殿！」

『えっ、なに？』

「アレを使いましょう。もう一個、考えていたヤツです」

『うえっ!?　本番一発勝負で!?』

ナデンが龍の目をパチクリさせていた。アイーシャは頷いた。

「ここで止めねば陛下が危ないです。最悪……アイツだけでも止めねば」

『……わかったわ』

ナデンも頷いた。口癖の「合点承知」を言う余裕もない。

するとナデンはフウガの進路を塞ぐのをやめ、スーッと上空へと昇っていった。

(なんだ？　なにをする気だ？)

フウガは二人の姿を仰ぎ見たが、そこにハルバートとルビィが襲いかかる。

「余所見《よそみ》とは余裕じゃねぇか！」

『アンタの相手は私たちよ！』

「ちっ……」

フウガは舌打ちをしながら二人に対峙《たいじ》する。

その間に、ナデンは空を駆けるフウガたちのさらに上空まで辿《たど》り着いていた。

アイーシャはナデンの鹿角に手を置きながら言う。

「それじゃあナデン殿。準備は良いですか？」

『うん。そっちも……気を付けてね』

「はい。……行きますよ！」

『合点承知！』

するとナデンは上空でスルスルと人の姿へと戻っていった。

人の姿では黒龍ナデンといえども滞空能力を失う。

アイーシャとナデンは揃《そろ》って重力に従って降下していく。

「……いま！」

途中でアイーシャは完全に人の姿になったナデンの手を摑む。

急降下していく中、眼下で戦うフウガたちの姿を捉えた。

アイーシャは大剣の側面にナデンの足を乗せると、風を纏《まと》わせた上で地上方向に一気に振り下ろした。

「名付けて！　『黒龍流星弾』!!」

「いっけえええ!!」

落下中のアイーシャから、小柄なナデンが風の魔法によって射出される。

自由落下の速度を超えて迫ってくるナデンに気が付き、フウガもハルバートもルビィも思わずギョッとした。

すると落下中のナデンの身体《からだ》がまた徐々に黒龍の姿へと変わっていく。

虚を衝かれたフウガは対応が遅れた。

『ガオオオオオ!!』

フウガたちに接近する寸前に黒龍の姿へと変わったナデン。

勢いそのままにドゥルガに激突した。

巨大な質量の一撃をまともに喰らい、さしものドゥルガも地上へと落ちていく。

ドゥルガは体勢を立て直そうと暴れるが、ナデンはその長いヘビのような胴体をドゥルガに巻き付けて拘束する。

もつれ合いながら落下していく二頭の巨獣。

一瞬、頭が真っ白になったハルバートとルビィだったが、すぐに我に返った。

すぐに周囲を見回して状況を確認する。

下には地上へ落ちていくナデンとドゥルガ、上には落下中のアイーシャがいる。

『ナデンは飛べるわ！　アイーシャ様を助けないと！』

「お、おう」

先に事態を把握したルビィの指示により、ハルバートたちは落下してくるアイーシャを空中でキャッチした。ルビィの前肢にすっぽりと収まったアイーシャは、さすがに怖かったのか表情を強《こわ》ばらせていた。

「あ、ありがとうございます。ハルバート殿、ルビィ殿」

「ったく！　なんつー無茶をするんですか！」

『ナデンもだけど、見ててヒヤヒヤするわ』

そうして三人がホッとしたのも束《つか》の間《ま》、アイーシャが我に返った。

「そうだ！　フウガ・ハーンは!?」

アイーシャの叫びに、ハルバートとルビィもハッとした。

さっきの出来事が衝撃的すぎて、フウガの存在が頭から消えてしまっていた。

ドゥルガと一緒に落ちたと思っていたのだが……。

三人が下を見れば、揉《も》みくちゃになりながら格闘を続けているナデンとドゥルガとはべつに、地上へと降りようとしている翼が見えた。

天人族であるフウガには翼がある。

空高く飛び上がれるようなものではないが、滑空だけなら重装備のままでも行えた。

そしてフウガは王国軍の本陣に向かって真《ま》っ直《す》ぐに降下していく。

「くっ、ここまでやってもドゥルガという足を奪うことしかできないとは！」

悔しげに言うアイーシャを尻目に、ハルバートは立ち上がった。

「ルビィ。アイーシャ殿を頼む」

『えっ、ハル？』

言うや否や、ハルバートはルビィの背から飛び降りた。

◇◇◇

――フリードニア王国軍の本陣。

「アレでも止まらないか……フウガは」

王国軍の本陣にて、空中での戦闘の様子を見守っていた自分の口から、そんなどこか他《ひ》人事《とごと》のような言葉が出た。いままさにフウガが来る。

玉将たる俺の首を狙って、この命を刈り取る刃が近づいてくる。

だというのに、俺の心は妙に冷静だった。

多分、いまちょっとだけ王様モードになっているのだろう。

あとで冷静になったときに震えるかもしれないけど、いまこのときに限っては自分の命を軽いものだと思っていた。それは死の恐怖を遠ざけてくれる。

（なあフウガ、わかっているのか？　もう……この戦いに勝利しても、俺の首をとってもなにも変わらないんだぞ？）

時代は次に移り変わろうとしている。

もはや英雄一人が牽引《けんいん》できる時代ではない。

俺がこの場で討たれたとして、人々が北の世界へと向かう流れは変わらない。

この国や海洋同盟が一時膝を屈したとしても、人々は個々の意志でもって行動するようになり、英雄一人によってまとまっていた大国は遠くないうちに分裂することだろう。

その流れを……フウガは止められない。

もはや時代がフウガを用済みだと斬り捨てるのだ。

だからこそ、この戦いはあのプロモーション映像が流された時点で終わっている。

フウガの夢はすでに潰《つい》えている。

それでも戦うのは、フウガを支持する人々に時代の変化を納得させるため、英雄が見た夢に華々しいフィナーレを迎えさせるためだった。

（この戦い自体が、お前に捧《ささ》げる挽歌《ばんか》なんだ……フウガ）

そんなことを考えながら、感傷に浸っていると……。

「……陛下」

「陛下？」

傍《そば》にいたルドウィンとエクセルが声を掛けてきた。そんな二人に俺は頷《うなず》く。

「わかってる。あとは……予定どおりに終わらせるだけだ」

さあ、幕引きの時間だ、英雄フウガ・ハーン。

「ルドウィン、アレの準備をしてくれ」

「了解しました」

「エクセルも、すぐに水球を出せるように備えていてくれ」

「承知しましたわ、陛下」

ルドウィンとエクセルに指示を出し終えた俺は、一度大きく息を吸う。

そして数秒かけて……ゆっくりと吐き出した。

そうして心を落ち着けたあとで、俺は二人を見て言った。

「このあとなにが起ころうとも、二人は役割を果たしてくれ。絶対に、なにが起ころうとも、だ」

「「………」」

俺の言葉に二人の表情が固まった。

「それは！　陛下の危機にも動くな、ということでしょうか？」

動揺した様子のルドウィンに俺はハッキリと頷いた。

「ああ。この戦の終幕は近い。トドメとなる策の担い手であるエクセルと、俺に代わって軍全体の指揮を執るルドウィンは、いまこの時点においては俺より命の優先度が高い。絶対にフウガに挑んじゃダメだ」

「そんなことを言うと、またカルラに怒られますよ」

口元を隠したエクセルにそれとなく注意される。

ああ、アミドニア戦のときに叱られたっけな。

あのときは壊れそうな心を守るために〝国王というシステム〟として振る舞おうとしていたけど……いまは違う。

ちゃんと自分の頭で考えた上で、ヴェネティノヴァでロロアと一緒に待っている子供たちを守るためなら、自分の命をここで使い切ってもいいと思っている。

「無事に済んだあとは、ちゃんと叱ってもらうさ。リーシアたちにもな」

そう言って肩をすくめた後、俺は気を引き締めて二人に命じる。

「二人ともよろしく頼む」

◇　◇　◇

フウガはソーマのいる本陣目がけて滑空していた。

その顔にギラついた笑みを浮かべたままで。

ここに至るまで、フウガは持てるすべてを出し尽くした。

全世界規模での戦いのために持てるすべての軍勢を使い切った。

すべての配下を各戦線に投入した。

妻のムツミや騎獣のドゥルガにも奮闘してもらった。

そしていま、ソーマに手が届く場所まで来た。

ここに来るまでにすべてを出し尽くさねばならなかった。

言い換えれば、すべてを出し尽くすことができる相手と巡り会えたということだ。

圧倒的な強さとカリスマ性を備えたフウガにとって、持てるすべてを出し尽くして戦うことができる強敵の出現は、歓喜以外のなにものでもなかった。

人生で覚えたことのない充足感にフウガは酔いしれていたのだ。

「カッカッカ！　見えたぜ、ソーマァ！」

ついにフウガの虎のような目が、本陣に立っているソーマの姿を捉えた。

多くの兵士たちに守られている本陣の中で、ソーマの周辺だけ人が少なくなっている。

他に比べて明らかに守りが薄い。

(誘っている？……罠《わな》か)

おそらく、フウガを誘導しているのだろう。

あそこに迂闊《うかつ》に飛び込めば十中八九、罠や仕掛けが待っているだろう。

だけどフウガは構わない。迷うことさえしない。

どんな罠や仕掛けがあろうと飛び込み、食い破ってソーマに刃を届かせる。

それが英雄フウガ・ハーンの生き様だった。

「さあ、決着をつけようぜ、ソーマ！」

お互いの表情まで確認できる距離まで来た。

フウガが着地に備えようと体勢を変えて、猛禽類《もうきんるい》が獲物を狩るときのように足を下に向けた、そのときだった。

「ルドウィン！」

ソーマは右手を挙げながらそう声を張り上げた。その途端。

「うおっ!?」

空中のフウガがバランスを失った。

それまで安定して滑空できていたはずなのに、急に地面に引っ張られるように垂直に落ちていく。落下しながらフウガはソーマの後方、少し離れた場所にある機械のようなものに気付いた。

（くそっ、あの魔法を封じる兵器か）

以前、グラン・ケイオス帝国で使用した砲弾型のものではなく、設置して一定範囲に影響を及ぼす型の『魔封機《マジック・キャンセラー》』だった。

範囲はさほど変わらないが設置型のほうが撃ち出して手元から離れない分、オン・オフの切り替えが簡単という利点がある。天人など有翼の種族が空を飛ぶためには、魔素による補助が必要であるため、その補助を失えば落下するしかなかった。

(ここで使うのかよ。完全に俺対策じゃないか)

使えばこの戦場のどこか一つでも圧倒できる兵器を、ただフウガの突撃に備えるためだけに温存していたのだ。

配下の軍団よりもフウガ個人を王国側が警戒していたという証明である。

フウガはそのことを愉快に思ったが、次の瞬間、地面に叩《たた》き付けられた。

「ぐっ……」

フウガは咄嗟《とっさ》に回転して落下の衝撃を殺したが、さすがに無傷とはいかなかった。銀色の鎧《よろい》の下の肉体、そのところどころが傷ついている。

しかし、戦えないというほどではない。これくらいの痛みならアドレナリンが出まくっているいまのフウガにとっては、無傷も同然だった。

フウガは斬岩刀を構えながらソーマのほうへと駆け出す。

それに気付いた本陣詰めの衛士《えじ》たちがフウガ目がけて殺到する。

「陛下！」

「ヤツをこれ以上進ませるな！」

「相手は手負いだ！　包囲してかかれ！」

「邪魔だあああ!!」

魔封機が起動されているため、敵も味方も魔法は使えない。

にもかかわらず、フウガの振り下ろす斬岩刀の一撃は、群がる衛士たちをまとめて撥《は》ね飛ばした。人がゴムまりのように跳んでいく。

そのあまりの恐ろしさに衛士たちは弓矢による攻撃に切り替えようとするが、放たれた矢のほとんどは斬岩刀によって切り落とされていった。

何発かの矢は鎧に刺さりもしたが、どれも致命傷にはならなかった。

危険はないと無視された結果刺さったものだったからだ。

落下によるダメージによって普段の全力が出せているはずもないのに、ここに来てまだ、フウガの武威は人々を凌駕《りょうが》していた。

そしてついに、フウガはソーマのもとへと辿《たど》り着く。

「よう、ソーマ。豪勢な出迎えに感謝するぞ」

「こっちは門前払いしてるつもりなんだがな……」

軽口に応じながら、ソーマは剣を抜いた。

その行動にフウガは目を丸くした。

「逃げずに戦うのか？　お前が？」

フウガはソーマの弱さを知っている。

ソーマはフウガの強さを知っている。

フウガが負傷して魔法を使えないとはいえ、それは亀が虎に挑むようなものだった。

「鈍亀のお前にゃ、万に一つも勝ちはないと思うぞ」

「……いまだけは逃げられないからな。俺の命を餌にしてでも、お前をこの場に繋《つな》ぎ止めておかなくちゃいけないし」

「まだ策があるのか？　ならその勇気に免じて一撃で終わらせてやる」

フウガは斬岩刀を振り上げて、ソーマの頭上へと振り下ろした。

ソーマは抜いた剣を上に傾けて受け流そうとする。

その動きは、かつて難民キャンプで暴れていた暴漢からユノを庇《かば》ったときの動きと同じだった。しかし相手はチンピラなどではなく、時代の英雄フウガ・ハーンである。


パキンッ……


剣は攻撃をろくに受け流すこともできずにスッパリと切断され、振り下ろされた刃がソーマの左の肩から胸にかけてを斬り裂いた。

「ぐあっ……」

ソーマが驚きに目を瞠《みは》る中で、斬られた黒い軍服の裂け目から赤い血がしみ出してくる。

次いで襲ってきた激痛に、ソーマは片膝を突いて項垂《うなだ》れた。

「「陛下！」」

離れた場所にいたルドウィンとエクセルが悲痛な声を上げた。

一方、フウガは項垂れたソーマを見て……。

(浅かった？　少しズレたか)

期待していた手応えがないことを感じていた。

ソーマを頭から真っ二つにしようと放った一撃は、フウガから見てやや右側に逸《そ》らされて、ソーマの肩から胸にかけての肉を抉《えぐ》るに留《とど》まっていた。

鮮血は派手だが、おそらく急所にまでは達していないだろう。

落下のダメージや、これまで溜《た》まった疲労のせいで思ったような威力を出せなかったのもあるが、ソーマが剣で攻撃を受ける動作や姿勢が妙に洗練されていたからでもある。

(そういや……ずっと一国の王をやってたんだもんな。こいつも)

フウガの中にソーマへの侮りがあったことは確かだ。

所詮、内政ばかりでろくに戦場にも立てない弱い王だと。

仲間の力がなければ、一人になったら、すぐに強者に蹂躙《じゅうりん》される存在だと。

しかしそれでもソーマは王なのだ。仲間の力を借りてきたとはいえ、国や民を守るという責任を負ってきたのは、紛れもなくソーマ個人なのだ。

そのことを理解し、フウガは己の慢心を恥じた。

自分のために全力で立ち向かっている相手を侮り、所詮その程度だろうと高をくってしまっていたことを。

(だが、もう終わりだ。いま楽にしてやる)

視界にこちらに駆け寄ってくるルドウィンたちの姿が見える。

さらなる邪魔者が入る前に、ソーマの首に斬岩刀を振り下ろそうとしたそのとき、チラッとソーマの顔が見えた。

その顔は苦しそうではあるものの……笑っていた。

「……ったく、お前の勝ちだな」

「なに？」

いきなりの敗北宣言。耳を疑ったフウガが一瞬動きを止めた。

「賭けはお前の勝ちだ！　オ、ー、エ、ン、！」

ソーマがそう叫んだときだ。

「だりゃあああああ!!」

ザシュッ
いきなりフウガの背後に降ってきた赤い影。まるで空から落ちてきたかのように降ってきたハルバートの槍《やり》が、フウガの翼の片方を斬り落とした。

『陛下の命は、この国の命そのものなのですぞ』

フウガに斬られた肩から胸にかけて走る激痛の中、俺の教育係兼ご意見番だったオーエンの声が聞こえてきた気がした。

『たとえば刺客に襲われたとき、陛下がほんの数合、最悪一合でもいいですから敵の攻撃を防ぐことができれば、護衛の兵士は間に合うのです。その一合が我が国の滅亡を遠ざけ、その一合が我が国の栄光を引き寄せるのです』

オーエンが俺を訓練しているときに、口を酸っぱくして言っていたことだった。

『いやいやさすがにそんな事態にならないように対処するし、なってしまったらもうどうしようもないんじゃないか』

訓練でヘトヘトになっていた俺はそう愚痴ったものだ。

ただでさえ内政漬けで精神的に疲労していたにもかかわらず、肉体的にも疲弊させられてちょっと気が立っていたというのもある。

するとオーエンは良い笑顔でこう言ったのだ。

『ガッハッハ！　ならば賭けましょうぞ！　もしいつか、儂《わし》の特訓が役に立ったときは、この大陸で一番高い酒をおごってくだされ！』

『賭けって……もし役に立つ日が来なかったらどうするんだ？』

『そのときは陛下が平穏な一生を過ごせたということです！　重畳重畳！』

そう言って、豪快に笑い飛ばしていた。

（まったく……オーエン爺《じい》さん）

賭けは、お前の勝ちだったよ。

◇　◇　◇

少し時は遡る。

フウガを追ってルビィから飛び降りたハルバートは、途中で背負っていた竜挺兵装備《ドラトルーパー》のパラシュートを開いた。そして減速しつつ地上を目指していたハルバートが見たのは、王国軍の本陣に滑空していくフウガの姿だった。

（ソーマ!?　退避してないのか!?）

接近するフウガの姿は見えているはずなのに、本陣に慌てる様子は見られない。すると斜めに滑空していたフウガが不意に、地面に向かって落下した。

おそらくソーマがあの『魔封機』とかいう機械を起動させたのだろう。

パラシュートで降下中のハルバートに影響はないが、それでも魔法を使えなくなっているせいか変な気がした。

そんなハルバートが見つめる地上に叩《たた》き付けられたフウガだったが、すぐに立ち上がるとソーマのいる場所へと斬り込んでいった。落下のダメージもあるはずなのに、立ちはだかる本陣の衛士《えじ》たちをなぎ払い、着実にソーマに近づいている。

（くそっ！　もっと早く降りられないのか!?）

焦るハルバートだったが、パラシュートでの降下速度は変えられない。

そんな中、ついにフウガがソーマのもとへと辿り着くのが見えた。

フウガの斬岩刀がソーマに向かって振り下ろされる。次の瞬間。

「ソーマっ!?」

斬られた、と思った。

防ごうとしたソーマの剣は両断され、ソーマが血を流しながら膝を突く姿が見える。

まだ辛うじて意識はあるようだが、それも風前の灯火《ともしび》だ。

「くそっ！　やらせるかよ！」

まだ地表からはかなり高いが、なにもしなければソーマは斬られる。

ハルバートにとってソーマは命を懸けて忠誠を尽くしたいと思うような主君ではなかったが、長いこと友達づきあいをしてきたのだ。

命を懸けられる主君でなくとも、命を懸けられる友だった。

（ダチを殺されてたまるかっての！）

ハルバートは背負っていたパラシュートを切り離す。

そして地上へと真っ逆さまに落ちていった。

魔封機が起動されているから魔法も使えないが、もともとハルバートは武器に炎を纏《まと》わせる魔法しか使えないので、この場面では関係なかった。

落下していく中でハルバートは体勢を立て直し、二つの槍を繋いでいた鎖を外し、片方を捨てる。今だけは二槍流より、一本を両手持ちしたほうがバランスがとれる。そしてハルバートは槍を握った両手に力を込めた。

そして……。


「だりゃあああああ!!」

ザシュッ

地面に落下すると同時に、ソーマにトドメを刺さんと斬岩刀を振り上げていたフウガの片翼を槍先でバッサリと斬り落とした。

背中から血が噴き出て、前へと倒れ膝を突くフウガ。

それを見ながらハルバートは地面に転がった。受け身で落下のダメージを逃がそうとしたが上手《うま》くいかず、全身に痛みが走っている。

(痛《いて》ぇ……超痛ぇ……でも!)

だからといっていま寝ていられるわけもない。

すぐに立ち上がると、痛む身体《からだ》をおしてフウガへと歩み寄る。

フウガはまだ何が起きたのかわからず、無防備な背中をハルバートに晒《さら》している。

「フウガアアア！」

トドメを刺そうとハルバートが槍先をフウガに向けたとき、

「ルドウィン！　拘束しろ！」

ソーマが叫んだ。

すると走ってきたルドウィンがハルバートとフウガの間に割って入り、ハルバートの槍を剣で防ぎつつ、盾でフウガを地面へと押さえ付けた。

そしてルドウィンは驚き目を瞠《みは》っているハルバートに告げる。

「見事！　キミはフウガに勝った。だが、ここまでで良い」

「っ!?　でもっ」

「英雄殺しの業を背負う必要はない。この国の、誰も」

「……………」

ルドウィンの真摯な眼差《まなざ》しに我に返ったハルバートは槍を引いた。

ルドウィンは頷《うなず》くと、フウガを押さえ付けるのを手伝うように言った。

そのフウガは片翼を斬り落とされた痛みと、これまでの激戦の疲れからか、観念したように地面にあぐらを掻《か》いていた。そうしてルドウィンとハルバートに刃を突きつけられる形でフウガが拘束されていたとき。

「ソーマ！　無事!?」

リーシアが馬で本陣に駆け込んできた。

そしてソーマが血を流しながら座り込んでいるのを見ると、血相を変えて馬から飛び降り、彼のもとに駆け寄った。

「斬られたの!?　大丈夫!?　意識はある!?」

「ああ……メチャクチャ痛いけど、息はできてるよ」

ソーマが弱々しいながらもそう答えたので、リーシアは安堵《あんど》した様子だった。

「良かった……フウガが飛んでいくのが見えたから急いで駆けつけたら、ソーマが血だらけで座り込んでるんだもん。……見た瞬間、肝が冷えたわ。自分の身体からサーッと血の気が引いていくのがわかったもの」

「悪いな……心配かけたみたいで」

「ホントよ！……また無茶して、あとで妃全員《きさき》でお説教だからね！」

涙目で言うリーシアに、ソーマは弱々しく笑いかけた。

「ああ。この戦いを片付けたらいくらでも聞くさ」

そう言うとソーマはリーシアに支えられながら、フラフラとした足取りでフウガへと近づいた。そしてあぐらを掻いて座っているフウガの前に立つ。

「お前の夢はココで終わりだ、フウガ」

「まだ暴れようと思えば暴れられそうだがなぁ」

相変わらずギラついた目でフウガは言った。たしかにすぐにでもハルバートやルドウィンの拘束をはね除《の》けて、再び暴れ出しそうな雰囲気がある。しかし、ソーマは静かに首を横に振った。

「いいや、もうタイムアップだ。ここがお前の夢の終点だよ。すでに決着はついている。その最後の一手が……ここからは遠いところで打たれた」

「なに？」

「エクセル！……ア、イテテ」

ソーマが痛みに耐えながら声を張り上げる。

すると離れた場所にいたエクセルが両手を天に翳《かざ》した。

「まったく……我が孫娘婿ときたら、どうなることかとハラハラさせられましたわ。生きてたからいいものの、寿命が十年縮んだ気がします」

エクセルはそんな文句を言いながら、頭上に巨大な水球を作っていく。

どうやら魔封機は停止しているようで、彼女の傍《そば》にいる数名の水系統魔導士たちも協力して、その水球をさらに大きくし、球体として安定させていく。

そして戦場のどこからでも見えるくらいの大きさになったとき、さっきまで聞こえていた喧噪《けんそう》は小さくなっていた。

おそらく王国軍本陣上空に出現したあまりに巨大な水球に、なにが起こったのかと王国軍・帝国軍の別なく、すべての将兵が戦闘の手を止めて見入っているのだろう。

するとエクセルは自身の背後に置かれた〝放送用の宝珠〟に向かって言った。
「ジュナ、こちらの状況はわかっていますね」
『……はい。大母様《おおかかさま》』
すると水球に海軍の士官服を身につけた青髪の美女が映し出された。
ソーマの第一側妃ジュナ・ソーマだった。
その表情からはどこか張り詰めた様子が見て取れた。
そんなジュナの顔を見て、エクセルは映像の向こうのジュナに言った。
(「安心なさい。陛下は負傷しましたが、命に別状はありません」)
『……………』
それは映像の向こうのジュナにしか聞こえない声だった。
ジュナを映している映像にもその声は入っていない。
おそらく、ジュナはソーマが斬られる様子を映像越しに観《み》ていたのだろう。
心配で心配で堪《たま》らないという思いが、若干顔に出てしまったようだ。
しかし、エクセルにソーマの無事（と言えるかは微妙なところだが）を伝えられ、少しは落ち着きを取り戻したようだ。

ジュナは一つ大きく深呼吸すると、真っ直《ま　す》ぐに前を見た。そして口を開く。

『フリードニア王国で戦う王国軍と大虎帝国軍、それにこの大陸の各地で戦う人々に申し上げます。私はフリードニア王国国王ソーマ・E・フリードニアの妃の一人であり、国防軍総大将エクセル・ウォルターの孫、ジュナ・ソーマです。いまは歌姫《ローレライ》としてではなく、国防海軍の海兵隊長としてここに立っています』

この放送はソーマが世界全土に新時代の到来を放送したのと同じ波長で行われているため、ジュナの言ったとおりこの映像は文字どおり世界中の人々の目に触れていた。ヴェネティノヴァに避難中のロロアたちや、トルギス共和国で戦うクーたち、ユーフォリア王国で睨《にら》み合うハクヤやジャンヌたちもこの映像を観ていることだろう。

するとジュナは身体を少しずらし、背後の景色を指し示した。

『いま私たちが立つこの場所。大虎帝国の方々ならばおわかりになるはずです』

映し出されたのはどこかの城。

そしてそれを囲む数万はいるであろう〝大軍〟の姿だった。

その映像を観たフウガは、想定外の光景に一瞬呆《ほう》けたように目を見開いた。

言葉を失ったフウガに事実を告げるかのように、ジュナは言う。

『私たち「海洋同盟」の別働隊は現在、フウガ殿の居城である「ハーン大虎城」を包囲しています。またここに至る道中にある、フウガ殿の故郷である草原地帯もすでに制圧しています。もしまだ「海洋同盟」との不毛な戦いを続けることを望むのでしたら、我々はこの城を総攻めにて落とすことでしょう』

ジュナから伝えられる情報の数々は大虎帝国の将兵を揺さぶるのに十分だった。

マルムキタン発祥の地である草原地帯は制圧された。

本拠地であるハーン大虎城は包囲されている。

フウガ自身はハーン大虎城など城の一つとしか思っていないだろうが、参陣している多くの将たちにしてみれば妻子がいる場所である。

コレを放置しては継戦できなくなるほどの心理的な圧迫となっていた。

まさに王手を掛けるべく詰めていた大虎帝国軍。

それが逆に王手を掛けられたかのような状態だった。

「いや、待て。あんな大軍。どこから？」

我に返ったフウガがそんなことを口にした。そして考えを巡らせる。

（まだ参戦していない九頭龍《くずりゅう》諸島王国の兵たちか？　いや、それにしたって数が多すぎる。フリードニアの兵が加わっている？　しかし、フリードニアもかなりの兵を動員していて、別働隊に割ける人数も限られていたはず。ならば中核はやはり九頭龍《くずりゅう》のヤツらか？　だがヤツらは陸での戦闘に不慣れなはずだ。国に残していた守備兵だけでもしばらくは防衛することができるだろう。せいぜい海岸線の都市を襲うことくらいしかできなかったはずだ。こうも短期間に大虎城まで攻め上れるはずがない）

いろいろ思案を巡らせるが、フウガはこの状況に至る答えに辿《たど》りつけそうになかった。

ソーマはそんなフウガに言う。

「フウガ、お前はこの戦いの前に陽動作戦を仕掛けただろう？」

「？……ああ、ユーフォリア王国側に先に軍を派遣したことか」

わずかにでもフリードニア王国の気を逸《そ》らすべく、フウガたちは先に大陸西部のユーフォリア王国側に仕掛けた。

もっともこれはフリードニア王国側には見透かされることを想定した上で、あえて同盟国を攻める素振りをし、これに援軍を派遣しなければ海洋同盟盟主としての立場を危うくさせられると考えてのことだった。

これでフリードニア王国がユーフォリア王国に援軍を派遣し、本国の守りが薄くなるとはフウガもハシムも期待していなかった。

だからフウガ自身、いまのいままで忘れていたのだ。

「そのとき、俺たちはどういう動きをしたか覚えているか？」

ソーマの問いかけに、フウガは首を傾《かし》げた。

「お前たちの動き……たしか島みたいな艦を派遣したのだったか？」

ソーマは海上最強戦力ではあるものの、内陸部での戦いには使用できない島形空母群を派遣することで、援軍は派遣したという体裁を整えたのだった。

もっともこの空母群の中は空だろうというのが、フウガやハシムたちの見解だった。

空母に搭載する飛竜《ワイバーン》騎兵隊は陸上に移すことで防衛に使えるのだから。

実際に、これまでの道中で戦闘になった飛竜《ワイバーン》騎兵の多さを考えると、空母に搭載したままの飛竜《ワイバーン》騎兵など存在しないことは明らかだった。

しかしソーマは訝《いぶか》しむフウガに再び尋ねる。

「俺が派遣した空母のその後の動きはわかるか？」

「空っぽの艦だろう？　ユーフォリア王国の港に寄港しただけではないのか」

「ああ。たしかにあの空母は空っぽだ。本来の戦闘能力は失われている」

するとソーマはフッと口元を緩めた。

「だがな。空母は戦略兵器であると同時に『船』だ。空っぽの船ならなんでも積めるとは思わないか？」

「！……まさか」

おそらく正解に辿り着いたフウガに、ソーマはネタばらしをする。

「空っぽの空母は巨大な輸送船だ。俺は空母二隻と輸送艦『キング・ソーマ』を海洋同盟所属の各国に派遣して、別働隊を構成する兵員をかき集めたんだ」

◇　◇　◇

ソーマが映し出した『ハーン大虎城』が包囲されている光景。

それは放送を通じて世界の彼方此方《あちこち》に映し出されていた。

それはフリードニア王国の文官たちやロロアやトモエなど王家の者たちが避難している港湾都市ヴェネティノヴァも同じだった。

「良かった！　間に合ったようです！」

「うん！」

映像を見上げていたイチハとトモエが安堵するような声を出した。

ここはヴェネティノヴァにある領主の館《やかた》の中庭。

そこに設置されている噴水にも受信装置はついていて、二人は噴水が映し出す光景を見ていたのだ。

そんな二人の傍にはロロアとこの館の主人であるポンチョの姿もあった。

「当然の結果や。うちらが後方で、なにもしてへんとでも思ったんか」

ロロアが映像に向けてガッツポーズをしながら言った。

「中核になる九頭龍《くずりゅう》諸島王国だけで八万近くの軍になる。そこに各国が派遣した軍が加われば十万以上の大軍や。優秀な指揮官がとりまとめて、あとは補給物資さえ潤沢に送り届けられれば主力が留守の大虎帝国を横断するのもわけないわ。まあ、そんな補給物資をかき集めて送り出すのがうちらの役目なんやけど」

「いやはや、大変でしたねぇ、ハイ」

　ポンチョが冷や汗をハンカチで拭いながら頷《うなず》いていた。

「各国から軍を派遣してもらうのだからと、補給物資は盟主であるうちが用意する必要がありましたからねぇ。このときのために蓄えていたとはいえ、中々ギリギリでした」

「せやねぇ。物資は各地に蓄えとったし、輸送手段は確保しとったけど、それを差配する官僚が不足気味やったなぁ。……物資に車輪付けても勝手に移動してくれるわけやあらへんし」

「戦時中で人の移動は制限されますし、どこも人手が欲しいのは一緒です、ハイ。いつも私《わたくし》を補佐してくれていたセリィナさんやコマインさんも別任務を与えられて留守にしてますし、トモエ様とイチハ殿が手伝ってくれなかったら危ないところでした、ハイ」

　二人がげんなりした様子で溜息《ためいき》を吐《つ》くのを見て、トモエとイチハは苦笑していた。

「少しでも義兄様《あにさま》たちの力になれて嬉《うれ》しいです。ただ待つだけだったらきっと……不安に押し潰されそうになっていたと思いますから」

「そうですね……。王都に残っているユリガさんのことも心配ですし」

「うん。思い詰めてないといいけど……」

二人の言葉に、ロロアは腰に手を当てながら「せやなぁ」と頷いた。

「戦った相手の国に嫁いどるわけやしな。その難しい立場はうちがよう知っとる。けど、どんな柵《しがらみ》があろうとも、結局最後は自分自身の決断を信じるしかあらへん。それが多分、一番後悔のない道やと思うし」

「「　はい　」」

経験者が語る実感のこもった言葉に、トモエとイチハは力強く頷いた。

そんな二人の返事にロロアはニンマリと笑うと、上空の映像を見つめた。

(フウガ・ハーン……アンタは戦の中心を戦える将兵だけで考えとったかもしれんけど、うちらみたいな非戦闘員にも意志があんねん。ただ蹂躙《じゆうりん》されるだけの存在やない。家族の身を案じ、家族の住む国を案じ、いまできることをして戦う兵士たちを支える。アンタを信奉して決断を任せきってる、アンタんとこの国民とは違うんや)

ロロアは映像に向かって拳を突き出した。

(アンタの敗因は、戦えないうちらの思いを想像できなかったことや！　だから、覚悟しいや、フウガ！)

◇　◇　◇

同じ頃。大虎帝国とユーフォリア王国との国境線では、夜空（時差の関係）に映し出された光景を見たルミエールが悔しそうにジャンヌを睨んでいた。

「……やってくれたな、ジャンヌ」

「………」

ソーマとフウガの直接対決の結果が出るまで、無用な戦闘を避けて睨み合いのみに留《とど》めることを取り決めた大虎帝国軍とユーフォリア王国軍。

ただ情報収集のために両国の将たちは定期的な会談を行っていた。

そしてこの日も、ユーフォリア王国からは女王ジャンヌ、王配ハクヤ、将軍ギュンター、魔導士サミが、帝国からは総大将シュウキン、補佐ルミエール、ハイエルフ義勇軍のエルルが、両軍が睨み合う平野の真ん中にて会談を行っていたのだが、そこで見せられたのがハーン大虎城が包囲されている光景だった。

その包囲している軍の中にはユーフォリア王国の旗を掲げている者もいる。

つまり五万対五万と互角の兵数で睨み合っていると思われていたこの西部戦線だが、ユーフォリア王国側は秘《ひそ》かに兵の一部を島形空母で海上輸送して、ソーマの派遣した別働隊に合流させていたのだ。

ユーフォリア王国はそれを悟られぬよう旗指物などを多く配置して、シュウキンやルミエールの目を欺いたのだろう。

「一体、何人の兵を派遣したのだ？」

「ここに連れてくる予定の兵から一万、後方に残す守備兵から一万の……計二万だな」

ルミエールの問いかけに、ジャンヌは正直に答えた。

その答えを聞き、ルミエールは額に手を当てながら天を仰いだ。

すでに怒りよりも諦めのほうが強くなっていた。

自分たちはしてやられたのだ、と。

「九頭龍《くずりゅう》諸島王国の兵と合わせれば十万近くにはなるか。留守居の兵しかいない帝国なら、大虎城まで攻め上って囲むには十分だろう」

ルミエールは視線をジャンヌに戻した。

「だが、この状況でよく兵を分けたわね。私たちが交渉に応じず攻め込んでいたら、そっちは大打撃を喰《く》らっていたのではないの？」

「ああ。私もそこは不安だったけど、ハクヤ殿の後押しもあってな」

ジャンヌとルミエールの目がジーッとハクヤを見つめる。

するとハクヤは肩をすくめてみせた。

「そちらが戦争を仕掛けてくる前に、こちらに攻め込む様子を見せたでしょう。見破られることが前提の陽動作戦だとは思いますが、その瞬間に『攻める大虎帝国』『守るユーフォリア王国』という配役が決まっていたのです」

「？……そうですね」

「王が王らしく振る舞うように、人は与えられた役割があるとそれを演じるのが当然と思ってしまうもの。攻める側であるルミエール殿たちは『守る側が兵を分ける愚を犯すはずがない』と思い込んでしまったのです。我々はそこに付け込んだに過ぎません」

そんなことをしれっと言うハクヤだったが、ルミエールやシュウキン、それに伴侶であるジャンヌさえも舌を巻いていた。

人の心理の隙を巧みに突く戦略はハクヤの得意とするところだ。

その手腕はさすがフリードニア王国の誇る【黒衣の宰相】といったところだろう。

ルミエールは微妙な表情でジャンヌを見た。

「貴女《あなた》の夫……腹黒すぎはしないだろうか？」

「アハハ……私はそういうところも好ましいと思っているよ、ルミ」

「私はもっと素直な殿方が好きだがな」

お互いに似た者同士だと思っていた旧友の二人だが、好みのタイプは違ったようだ。

言われ放題のハクヤだったが、涼しい顔で聞き流していた。

するとシュウキンが「わからないことがある」と腕組みをしながら唸《うな》った。

「兵力は十分。補給もフリードニア王国ならば問題なく行えるだろう。だがあの別働隊を構成するのは大陸での戦闘には不慣れな九頭龍《くずりゅう》諸島王国の兵たちだ。海上戦や上陸戦の経験はあっても、陸地の奥深くまで攻め込むことには慣れていないはず。それにユーフォリア王国の兵を二万送ったらしいが、この国の名だたる将はこの戦場に残っている」

シュウキンはジャンヌ、ハクヤ、ギュンターを見回しながら言った。

「兵だけ送ったところで統率が取れるのだろうか？　あの映像を見るかぎり中心となっているのはフリードニア王国だろうが、方々から攻められているフリードニア王国ではかき集めたとて一万も兵は送れないだろう。言い方は悪いが寄せ集めの十万の兵を、その十分の一にも満たない兵数の勢力が統率できるのか？　無理矢理率いたとしても道中の留守居の兵たちを突破し、ハーン大虎城まで攻め上れるとは思えないのだが……」

さすがフウガの右腕である勇将シュウキンと言うべきだろう。

彼は別働隊の問題点を見抜いていた。

しかしジャンヌとハクヤは顔を見合わせると穏やかに微笑《ほほえ》んだ。

「どうやら、シュウキン殿たちは忘れているようだ」

「そうですね。大事な人物のことを一人、失念しているようです」

「……どういう意味だろうか？」

訝しげな顔で尋ねるルミエールに、ジャンヌは苦笑しながら告げる。

「忘れたのか、ルミ。一人いるだろう。いまはフリードニア王国の人ではあるが、このユーフォリア王国においては女神のように尊敬を集めている存在が。あの人のためならばユーフォリア王国の兵たちも命をなげうって戦うだろう」

「っ！　まさか……」

ルミエールはすぐに正解に辿《たど》り着いた。ジャンヌは構わず続ける。

「かつてバラバラの国々を束ねて、長いこと魔王領の脅威に対抗し続けていた人物がいるだろう？　寄せ集めというなら、あの時代の……遠征失敗後の人類連合軍のほうがよっぽど寄せ集めだった。そんな寄せ集めの国々を束ね続け、他国からの尊敬や恨みを全部受け止めて背負ってみせたのがあの人だ。寄せ集めの海洋同盟別働隊を率いるのに、ちょうど良いとは思わないか？」

そのとき、両軍の将兵たちがいる陣営がにわかに騒がしくなった。

ジャンヌたちが見上げると、上空に映し出されていた風景の中、戦況を報告していたジュナの横に立った一人の人物が目に留まった。

その人物は髪こそ短くなっていたものの、その美しい容貌はユーフォリア王国や大虎帝国の人々が忘れもしないものだった。

ただ、いまの彼女は女皇時代に着ていたようなドレス姿でも、慈善活動をしているときのパンツ姿でもなく、リーシアが普段着ている燕尾《えんび》の付いた士官服姿だった。

リーシアのものとは色違いの薄桃色の士官服である。

そんな彼女を見て、ルミエールの口からは自然と言葉が漏れた。

「マリア様……」

映し出されたのはかつてのグラン・ケイオス帝国の女皇にして、いまはソーマの第三側妃となっているマリアその人だった。

◇◇◇

――ハーン大虎城が見下ろせる丘。

パルナムから遠く離れた北の地。

敵軍の首都の目前で、ジュナは現れたマリアにインタビュアーのように尋ねた。

「マリアさん。兵の配置はどうなっていますか？」

「準備万端、整っています。あとは私の号令一つで、海洋同盟四カ国の兵たちが一斉にハーン大虎城に攻撃を開始できる状態です。もし、一時間以内にソーマ陛下から攻撃中止の命令が届かなければ、私たちはあの城を攻め落とすことになるでしょう」

マリアは真っ直《ま》ぐ《す》に前を向きながら言った。

その目にはほんの少しだけ、彼女には似合わない怒りの色が見て取れた。

ジュナとマリアはこの放送を行う直前まで、簡易受信機でパルナム近くで行われている戦闘の様子を観《み》ていたのだ。

当然、フウガの攻撃によって血を流し、膝を突くソーマの姿も見ていたわけだ。

遠く離れた地で、傷ついた夫を助けにも行けない彼女たちの胸の内を考えれば当然だろう。そんな怒りを押し殺しながら、ジュナは宝珠に向かって言う。

「まだ戦いを続けるのであれば……あの都市は灰燼《かいじん》に帰すでしょう。大虎帝国首脳陣の賢明な判断を期待します」

そう言い終えたところでジュナは放送を切った。

内容の割に短く思うかもしれないが、この放送はエクセルの特大水球によって映し出されることになっていたため、あまり長い時間放送できないことを理解していたのだ。

ジュナは「ふう……」と一度大きく息を吐くと、同じように安堵《あんど》の溜息《ためいき》を吐《つ》いているマリアに話しかけた。

「お疲れ様でした、マリアさん」

「ジュナさん……はい、とても緊張しました。女皇としてこれまで放送に映ることは何度もありましたが、軍服を着て映るのは勝手が違いますね」

「そうですか？　威厳が出ているように思いましたが」

ジュナは本心からそう言ったが、マリアは苦笑しながら首を横に振った。

「軍事はずっとジャンヌや将軍たちに任せっきりにしていましたから、私にとってはコレが初陣なのです。それなのに名目だけとはいえ、この別働隊の大将を任せられているのですから……私でいいのかと不安になります」

「っ！　そんなことは……」

「なんの！　貴女は立派に大将の務めを果たしておられる！」

二人の背後から、そんな元気の良い声が聞こえてきた。

二人が振り返ると、向こうから筋骨隆々の逞《たくま》しい白猿族の武人が歩いてきた。

先代の共和国元首にしてクーの父であるゴウラン・タイセーだった。

大猿の厳《いか》つい顔をして鎧《よろい》を身につけたその姿は勇ましく、クーが孫悟空ならゴウランは猿王とでも呼ぶべき風体だった。

「フリードニア王国にユーフォリア王国に九頭龍《くずりゅう》諸島王国、それに少ないとはいえ共和国の兵も加わった寄り合い所帯の軍勢をまとめ上げているのは、ひとえに貴女の人徳。皆、貴女が全人類を束ねて魔王領の拡大を防いだことを記憶しておりますからな。帝国の聖女は大将としての資質も備えておられる」

「そ、そんな！　畏れ多いことです！」

ゴウランにべた褒めされたマリアは、慌てた様子で両手を振った。

「私は旗頭にこそなっていますが、実際に指揮を執っておられるのはゴウラン殿じゃないですか。ここまで順調に進軍できたのも、ゴウラン殿の豊富な陸戦経験があったればこそです」

マリアの言ったとおり、全軍を束ねるのはマリアの仕事だが、実際に軍の指揮を執り道中の都市や砦《とりで》を攻略してきたのはゴウランだった。

現共和国元首クーは別働隊の派遣をソーマから聞かされた際、

『ウッキャッキャ！　うちからは数百しか兵を出す余裕はねぇけど、暇している親父《おやじ》をつけるぜ。親父も子供の面倒見ながら留守番するよりは性に合っているだろうし、こき使ってやってくれ』

……と、そう言って実父を貸し出したのだ。

厳寒のトルギス共和国では空軍や海軍は発展しなかったが、その分、戦のほとんどが陸上戦であるため内陸部における歩兵中心の戦闘経験はどこの国よりも豊富だった。

相手が空軍を出してきたら、共和国軍は退却するしかないのだが、逆に言えば空軍の少ない場所では共和国は無類の強さを発揮する。

その共和国で長年元首として国を治めていたゴウランは、陸上戦のエキスパートだった。

彼がマリアの陰で軍を采配したことによって、留守居の兵を蹴散らし、このハーン大虎城まで短期間で攻め上ることができたのだ。

マリアの言葉にジュナも同意する。

「そうですね。当初の予定では私がマリアさんの代わりに指揮を執ることになっていましたが……海兵隊の訓練は上陸作戦が中心です。内陸部での戦闘となると思わぬ不覚をとってしまっていたかもしれません。ゴウラン殿の参陣は心強い限りです」

「ええ。私もそのとおりだと思います」

そうジュナに同意したのは、ゴウランの背後から現れた九頭龍《くずりゅう》女王シャボンだった。

その隣には彼女の王配であるキシュンもいる。

「私たち九頭龍《くずりゅう》諸島王国の将兵たちも陸上戦には慣れていません。ゴウラン殿が指揮してくださるお陰で、彼らの勇猛さを海の上と変わらず存分に活《い》かすことができています」

「ガッハッハ！　麗しいお嬢さん方にそう褒《ほ》められては、尻が痒《かゆ》くなりますな！」

照れ隠しなのかゴウランは豪快に笑い飛ばした。

そうして笑顔を見せれば厳つい顔にも愛嬌《あいきょう》が出てくるものである。

そんなゴウランの様子にシャボンはクスクスと笑うと、

「ちょっとお父様に似ている気がします」

「シャナ様にですか？……たしかに」

横で聞いていたキシュンも頷《うなず》いた。

「ゴウラン殿はお酒がお好きと聞いています。先代と良き飲み友達になれるかと」

「この戦いが終わったあとで、紹介したいですね。……さて」

シャボンはマリアとジュナの傍《そば》に歩み寄った。

「ジュナ様の海軍服姿は以前に拝見しましたが、マリア様の軍服姿もとても素敵です」

「フフフ、ありがとうございます、シャボン様」

「ありがとうございます。一度着てみたかったんですよね、この服」

ジュナは優雅に会釈をし、マリアは袖を広げてみせた。

「リーシア様が格好良く軍服を着こなすのを見てて、私も着てみたいなと思ったんですよね。上の妹《ジャンヌ》なら問題なく着こなすでしょうし、顔立ちも似てるから変にはならないと思ったんですけど……それでも褒めていただけてホッとしました」

「とんでもない！　凜々《りり》しくて素敵です。……私は背が低いので、そういった服はどうしても似合わないんですよね。服に着られる感じがしてしまって……」

相変わらずヒラヒラとした女官風の装束で参陣しているシャボンが言った。

たしかにシャボンが士官服や海軍服を着ると、格好良さよりも可愛《かわい》さのほうが勝ってしまう気がする。

「「　それは……　」」

ジュナとマリアが言葉に迷っていると、シャボンは「わかっています」と苦笑しグッと拳を握り込んでみせた。

「だからもう、ヒラヒラの格好のまま貫禄《かんろく》が出せるような女性を目指します。そう、フリードニア王国のエクセル・ウォルター様のように」

「いえ、あの人を目指すのはやめたほうが良いかと……」

ジュナが躊躇《ため》いがちにそう忠告した。

なぜかキシュンのほうがウンウンと頷いている。

カワイイ妻がエクセルのような老練さを身につけた姿を見たくないようだ。

少し緩んだ空気の中で、マリアが不意に真面目な顔になってジュナを見た。

「それより、陛下は大丈夫なのでしょうか？　血を流しているのが見えたのですが」

「「「　……　」」」

マリアの言葉に、その場が急に静まりかえった。

軽口を叩《たた》き合いながらも、みんなソーマの容態は気にしていたのだ。

ジュナは簡易受信装置を見つめながら言う。

「フウガ・ハーンと会話はできているようですし……大丈夫と信じましょう。ケガが裂傷程度ならば治癒魔導士が治療してくれるはずです」

「そ、そうですね」

マリアがホッと一息吐こうとしたとき、ジュナは「ただ……」と話を続けた。

「もし陛下になにかあったら、私はこの国を燃やし尽くします」

「「「……………」」」

真顔で言うジュナに、その場にいた誰もが息を呑《の》んだ。

いつものジュナならこういうことを口にしたとしても「フフフ、冗談です」とか言って、すぐに場を和ませてくれるのだが……そういった言葉はなかった。

つまり本気ということである。

その場にいた誰もが彼女がエクセルの孫娘であるということを思い出した。

（く、国を滅ぼすほどの愛情……なんというか、凄《すご》いです）

これにはさしものマリアも顔を引きつらせていた。

マリアだってソーマのことは愛《いと》しい夫だと思っているし、もしなにかあったらきっと泣いてしまうと思う。

ただそれでもやはり悲しさのほうが先に来てしまうだろう。

それとは対照的な……ジュナのような瞬時に怒りや憎悪に転換できてしまうほどの愛情とは、いかばかりのものなのだろうか？

しかもジュナだけでなく、妃《きさき》の中ではリーシアやアイーシャも似たようなことを思っていそうなのが怖いところだ。

ロロアとナデンはまだ理性で踏みとどまるだろうか？

ユリガはそんなみんなの反応を見て震え上がりそうだ。

マリアは簡易受信装置をのぞくと、

（ソーマさん、どうかご無事であってください。この世界の安寧のためにも）

……と、かなり本気で心配したのだった。

◇　◇　◇

パルナム付近の平野に現れた特大の水球が映し出した光景。

その映像は戦場の熱気をスーッと冷ましていった。

あれほど激しく攻めかかっていた大虎帝国の兵士たちの動きが一様に鈍くなる。

首都であるハーン大虎城が包囲されている光景を見せられ、逆侵攻を掛けられていることを理解した大虎帝国の将兵たちの脳裏を〝負け戦〟という単語がよぎる。

常勝不敗の大虎帝国軍において、これまでは「負けたらどうしよう」ということなど考える必要がなかった。

フウガ率いるこの軍は、劣勢はあれど負けはしない。

苦境はあれど最後にはフウガが勝つと、誰もが信じていたからだ。

だからこそ勝ったときに手にする報酬や栄誉のことは考えても、負けそうなときにどうすればいいかは考えなかった。

常識の範囲では勝てそうにない相手だったとしても、結局最後には勝つと信じられたから兵士たちは立ち向かっていけたのだ。

しかしここに来て、真に「勝てないかもしれない」と思ってしまうような相手に出会ったのだ。将兵たちの脳裏に敗北の恐怖が初めてチラついている。

それでもぶつかっていけるのは古参の精鋭部隊だけであり、軍の大多数を占める東方諸国連合統一後にフウガに従った者たちは二の足を踏んでしまったのだ。

この時点で、ほぼほぼ勝敗は決したと言えるだろう。

もう大虎帝国軍は戦闘態勢を維持することも難しい。

このまま戦ってもやがて力尽きるし、かといって無理に撤退しようとすれば王国軍に背後から襲われて大打撃を受けるだろう。

大虎帝国軍の生殺与奪の権は完全にソーマが握っているのだ。

そのようなことは、さっきの一撃でソーマの首をとることに失敗したフウガ自身が、この戦場にいる大虎帝国軍の誰よりも理解していた。

「……負けた、か」

ハルバートとルドウィンによって押さえつけられていたフウガは、握っていた斬岩刀を手放した。バタンと大きな音を立てて刃が地面に転がる。

フウガを押さえつけていたハルバートとルドウィンの表情が驚きに変わる。

二人の力でこのまま押さえていたら圧死させかねないと心配になるほど、フウガはまったく抵抗する素振りを見せなかった。

「ルドウィン殿！　こいつの武器を！」

「っ！　わかった」

ハルバートに言われ、ルドウィンはフウガが手放した斬岩刀を回収する。

そんな自分相手に念には念を入れる様子をフウガは愉快そうに見ていた。

「主従揃《そろ》って慎重だな……」

「英雄フウガ相手に警戒しすぎなんてものはないだろ」

ソーマの言葉にフウガはカラカラと笑った。

「心配しなくてもお前らの勝ちだ、ソーマ。いまさらジタバタはせんよ。……俺の夢は見果てたからな。あとはこの首をとって晒《さら》すなり好きにしてくれ」

少し淋《さび》しそうな顔をしながらそう言うフウガ。

リーシアに支えられながらなんとか立ち上がったソーマが、そんなフウガを見下ろす。

勝者と敗者がハッキリとわかる姿だった。

ソーマが口を開こうとした、そのとき……。

「ソーマさん！」

本陣の奥からユリガが現れた。

◇　◇　◇

ユリガは俺たちのもとへと駆け寄ると、フウガの前に立った。

「お兄様……」

「よう、ユリガ。どうやら俺は負けたらしい」

まるで世間話をするように敗北を告げるフウガ。そんなフウガにユリガも、

「……そのようですね。片翼も失ってるみたいですし」

……と真顔で返す。二人の間に張り詰めた空気が流れている。

ユリガは血まみれでリーシアに支えられている俺と、片方の翼を斬られたフウガを痛ましげに見つめながら、それでも感情を押し殺すようにして口を開いた。

「こうなる気がしたから……私は、ソーマさんと戦うのを止めたかった」

「逆だな。こうなるとわかってても、俺に立ち止まるという選択はなかった」

「夢の結末がこのような形になるとしても、ですか？」

「やれるだけのことをやって倒れるのなら悔いなどないさ。満足している」

「本当に……お兄様は勝手なんですから」

するとユリガはフウガを真っ直《まっす》ぐに見下ろしながら言った。

「あの日、私が言ったことを覚えていますか？」

「ん？　どの日だ？」

「お兄様が私に『ソーマ殿のもとに嫁げ』と命じた日です」

ユリガはキッとフウガを睨《にら》んだ。

「あの日、私はこう言ったはずです。『いつかお兄様が縄を打たれて、ソーマ殿の前に引き倒されて転がされることがないとは言えない』と。そしてそのとき命乞いをするために、ソーマさんの寵愛《ちようあい》を受けられるようフリードニア王国のために働くって」

そういえば……たしかにユリガはそんなことを言っていた気がする。

縄を打たれてはいないけど、翼を斬られ、地面に押さえつけられているフウガの姿は、ユリガが危惧した光景に近いものだろう。

朧気《おぼろげ》なイメージではあっただろうけど、あの段階でこの結末を想定していたのだとしたら……ユリガもまたとんでもない女の子だと思う。

するとユリガはフウガに背を向け、俺のほうを向いた。そして……。

「あの日の言葉を、いま果たします」

「おい、よせって」

フウガに背中を向けて語るユリガ。

そんなユリガをフウガは制止しようとするが、ユリガは聞く耳を持たず、俺の前に跪《ひざまず》くと手を胸の前で組んで深々と頭を下げた。

「ソーマ陛下。貴方《あなた》の妻であり、貴方の義妹の友であり、この男フウガ・ハーンの妹であるこの私に、まだ一欠片《ひとかけら》ほどの愛情をくださるならば、毛先ほどでも憐《あわれ》みを持っていただけるのならば、我が兄フウガ・ハーンの命だけはお救いください。そのためならこの身、この命を捧《ささ》げます。いかようにしてくださっても結構です。ですから、どうか、この愚かな兄の命をお救いください」

ユリガが語るのはフウガの命乞いだ。

まるで平身低頭しているかのような言葉。

だけどその口調は字面ほど弱々しくはなく、実に堂々としている。

それは……彼女の言葉が向かう先が俺たちではなく、フウガだからなのだろう。

ユリガは俺たちに懇願しているように振る舞いながら、その実、フウガに言葉のナイフを突き立てているのだ。

『貴方はいま、妹に自身の命乞いをさせている』

まさに敗北の象徴であるこの事実を、フウガに突きつけている。

実際、フウガは翼を斬り落とされたとき以上に苦悶《くもん》の表情を浮かべていた。

自分で負けを認めるのと、他人に無理矢理負けを認めさせられるのとでは、後者の方が苦痛であるようだった。

「ユリガも容赦ないな……」

俺がそう呟《つぶや》くと、ユリガはプイッとそっぽを向いた。

「この機会に、お兄様は一回バッキバキに心を折られるべきなんです。もう二度と、変な野望は抱かないように。振り回されるこっちはたまったもんじゃないんですから」

「フフッ。やっぱり私、貴女《あなた》のこと好きだわ、ユリガ」

リーシアが感心半分呆《あき》れ半分といった感じで苦笑していた。

……さて、ここから先は俺の仕事か。俺は傷の痛みに耐えながらユリガの肩を叩《たた》いて立ち上がらせると、そのままフウガの前に立った。

「妹に命乞いをされる気分はどうだ、フウガ？」

「最悪だ。自分に反吐《へど》が出る」

「だろうな」

「この場で問答無用に首を落とされたほうがマシだ」

「……だが、それをすればこっちが面倒くさいことになる」

いまの俺はきっと苦虫を噛《か》み潰したような顔をしていることだろう。

「こんな傍迷惑《はためいわく》な戦を起こしたお前のことを、許せないと思う気持ちはある。多くの者が血を流したし、俺の恩師や嫁さんの親族もこの戦いに殉じたのだからな」

「……そうか」

「だが、ここでお前を殺せば、俺たちが勝者になってしまう」

前にいた世界で読んだマンガで、戦いのあと、相手よりも頭が高い位置にあって見下ろしているものが勝者……みたいな文言があったと思うけど、その理屈ならリーシアに支えられながらも立っている俺が勝者ということになるか。

でも……俺は勝利を認めない。

「勝者は敗者の背負っていたものを背負わなければならない。それを無視して、敗者の思いを踏みにじれば反発と粛清の連鎖が待っている。お前を殺せば、俺たちは勝者として、あの広大なハーン大虎帝国を背負わなければならなくなる。そんなのはゴメンだ」

うちより三倍近い国土を持つ大虎帝国は、フウガのカリスマ性で成り立っている。

フウガがいなくなればすぐに瓦解するだろう。

無理矢理な拡張路線のせいで相当数の火種を抱えているわけだしな。

そのとき俺たちがフウガを討ったという事実があると、フリードニア王国への復仇《ふっきゅう》を叫ぶ勢力が生まれることになる。

そういった血気盛んな勢力があると、大虎帝国の領土は内乱状態となり、魔王領拡大期の不安定な時代へと逆戻りする。

内乱は内乱を誘発し、新たな難民を生んで南の国々を再び圧迫することになる。

それを防ぐにはフウガを生かしておいて、まとめさせるしかない。

もし後に分裂するにしても、フウガを討ったという事実がなければ復仇の空気は小さくなり、後継者争いで揉《も》めたとしても南への影響は小さくなるだろう。

そのことを俺はフウガに話して聞かせた。

「これから人々の意識は北の世界に向かう。大陸制覇という夢に魅力がなくなれば、もう人々を駆り立てて南に攻め込むなどということは不可能だ。もっとも……ユリガの〝毒〟

のお陰で、お前自身が北へ行きたがっていそうだけどな」

「……ちっ」

俺の言葉に、フウガは面白くなさそうな顔で舌打ちをした。

それでも否定する言葉が出てこないのは、俺の指摘を暗に肯定しているからだろう。俺はフウガに冷たく言い放つ。

「お前はもう、海洋同盟と覇を競うことなどできない。だとしたら、生かしておいて大虎帝国をできるかぎり軟着陸させるべく働かせたほうがマシだと考えている。お前は生きて、これまで歩んできた覇道の責任をとれ」

「お前は……この戦いにどう決着をつけるつもりなんだ？」

「和睦する。ただし実質的には大虎帝国の敗北という形でな。大虎帝国軍は我が国や海洋同盟各国から完全に撤退するが、こちらが別働隊で落とした大虎帝国の領土はそのままとすることで、海洋同盟に勝てなかったことを人々に印象づける」

「故郷の草原地帯は奪われたんだったか……人々の目には負けと映るだろうな」

「勝者になれない以上、賠償金はとれないからな。迷惑料代わりだ」

海岸線の都市のいくつかは協力してくれた九頭龍《くずりゅう》諸島王国に譲渡しなければならないだろうし、ある程度の実入りがなければ王国民の心情を宥《なだ》められないだろう。

こっちは侵略者をはね除《の》けただけという体がとれるから、なにも得られず失うだけだった大虎帝国側よりも慰撫《いぶ》が楽ではあるけど。

するとフウガは力なく笑った。

「すべてを得るか、すべてを失うかという生き方をしてきたつもりだが、ただ夢を失った広大な国だけが残されるというのは……すべてを失うよりもキツいものだな。自分自身が魅力を感じなくなった帝国で、お前は俺に皇帝であり続けろというのだろう？」

「それがお前の果たすべき責任だ」

「ここで生かされても、後に待つのは熱を失った国での退屈な日々か。……耐え難いな！」

「うおっ!?」

フウガが押さえつけていたルドウィンをはね除けた。

（まだそんな力が残っていたのか!?）

俺は驚きのあまり一瞬思考が停止していた。

リーシアがレイピアを抜き、ハルが槍《やり》を構えて臨戦態勢をとる。

しかしフウガは落ち着いた様子でルドウィンが落とした剣を拾いあげる。

そしてその剣の刃を自身の首に這《は》わせた。

「いまここで、この命を断てば、お前にすべてを押し付けられるかな？」

「やめてください、お兄様！」

ユリガが切羽詰まった声で叫んだ。本気で死にかねないと感じたようだ。

実際にフウガがヤケを起こしている様子はない。

興奮した様子もなく、むしろ穏やかな顔をしている。

「俺の夢の終わりは、奮戦したが強大な敵の前に夢半ばで倒された……そんな結びのほうが良い。グダグダと生き続けるよりは、こっちのほうが、英雄の終わり方として綺麗《きれい》だろう？　お前たちには俺の業を引き継がせることになってしまい、気の毒だが」

「お兄様！　そんなのダメです！」

「ふざけんな！　ここまでやっといて楽な道に逃げようとしてんじゃねぇ！」

ユリガと俺が叫んだが、フウガは揺るがなかった。

「悪いな。ユリガ、ソーマ」

そうしてフウガが刃で首を掻《か》き斬ろうとした、そのときだった。

「ムツミ殿のお腹《なか》に、赤ちゃんがいるわ！」

リーシアが不意に叫んだ。

……えっ、赤ちゃん？

いきなり出てきた言葉に、その場にいた者全員が一瞬動きを止めた。

リーシアは呆気《あっけ》にとられている面々に構わず続ける。

「もちろんフウガ殿との子供よ！　私、さっきまでムツミ殿と戦っていたの！　だけどムツミ殿、私との戦いの途中で悪阻《つわり》が起こって、戦えなくなっちゃったのよ！　ムツミ殿の妊娠は他の人たちも知らなかったみたいだし、貴方にも伝えてないんでしょ!?」

ムツミ殿がフウガとの子供を身籠もっていた？

ムツミ殿はそれをフウガにも隠していた？

そんな身体《からだ》でリーシアと戦っていた？

知らなかった事実ばかり急に突きつけられて、俺は呆然《ぼうぜん》とした。

えっ、それでどうなったの!?　そんな状態のムツミ殿になにかあったら、この戦いの落とし所が一気になくなるじゃん！

頭の中で大混乱していると、リーシアが申し訳なさそうに言った。

「ごめん、ソーマ。指揮官としてするべきことじゃなかったけど、私の判断でムツミ殿は見逃したわ。いまはもう大虎帝国の本陣へ帰っていると思う」

「……いや、うん……その判断で間違ってない、と思う」

しどろもどろになりながらもそう返事をした。

うん、下手に捕虜にして自害されたり、万が一にでも討ち取ったりしてしまったら、それこそ怨嗟《えんさ》の連鎖で泥沼の戦いになっていただろう。

迎え撃ったのがリーシアで本当に良かったと思う。

するとリーシアは呆《ほう》けた顔をしているフウガに言った。

「子供の顔も見ずにすべてを投げ出す気!?　貴方、それでも〝父親〟!?」

自らも二児の母であるリーシアの言葉には、形容できない力があった。

それはフウガのカリスマ性をも吹き飛ばしてしまうほどに。

「………」

……カランッ。

リーシアに怒鳴られ、フウガは手にしていた剣を落とした。

そして真《ま》っ直《す》ぐに天を見上げる。

「俺が……父親？　俺は……人、だったのか……」

フウガの口からそんな言葉が漏れた。

いまのフウガの気持ちが、俺にはわかるような気がした。

俺が国王という役割に振り回されていたときがあったように、フウガはこれまで英雄としての役割を果たしてきたのだ。

フウガは俺とは違い、そこに迷いや戸惑いなどは感じない性分だからこそ、これまで英雄として邁進《まいしん》してこられた。

だけど、ここに来て、急に父親になったのだと告げられた。

役割ではない、一人の男としてのフウガ・ハーンを突きつけられたのだ。

妻を持ち、子を持つ、ただ一人の男としてのフウガ・ハーン。

英雄だからとかなぐり捨てることができたものは、人の親であると実感してしまったら同じように捨てることができなくなる。

だからこそ、ムツミ殿はフウガにも妊娠を伝えなかったのだろう。

すると天を見上げていたフウガの片目から、涙が頬を伝って落ちた。

「……完敗だ」

「フウガ……」

「お兄様……」

俺とユリガが躊躇《ためら》いがちに声を掛けると、フウガは俺たちに穏やかな顔を見せ、ゆっくりと口を開いた。

――いま、俺の時代は終わったよ。

第六章　終結

フウガの牙もついに折れて、場が落ち着きを取り戻した頃。

「陛下!?　ケガをなさっているのですか!?」

『グウウ、ガルルル！』

『こら、暴れんじゃないわよ！』

『ナデン、しっかり押さえつけときなさいよ！』

なにやら騒がしい声が聞こえてきたと思ったら、〝飛虎ドゥルガ〟を長い胴体でグルグル巻きにして拘束した黒龍ナデンが、赤竜ルビィに転がされる〟形で本陣にやってきた。

まるで黒くて巨大なチョココロネ（中身は虎）を転がしているみたいだ。

黒チョココロネ転がし祭り……どこの地域の奇祭なんだろう？

そんなルビィの肩にはアイーシャが乗っている。

「いや、どういう状況なんだ？」

思わずそう口走ると、アイーシャがルビィから飛び降りて駆け寄ってきた。

「すみません、陛下。ドゥルガの拘束に手間取りまして……って、そんなことより！　陛下ったら血だらけじゃないですか！　だ、大丈夫なのですか!?」

俺の傷を見て取り乱すアイーシャ。

このままでは力尽くで身体を揺すられそうだ。

「落ち着きなさい、アイーシャ！　出血は多いけど致命傷ではないわ」

「はう!?　す、すみません。リーシア様」

見かねたリーシアが一喝したことで、アイーシャは落ち着きを取り戻した。

すると今度は立ち尽くしていたフウガをキッと睨《にら》むと大剣を構えた。

さながら幽鬼のように全身から怒りのオーラを立ち上らせている。

そしてノシノシとフウガへと歩みを進める。

「おのれフウガぁ……よくも陛下のお身体に傷をつけてくれましたね！」

「待て待て待て！」

「お、お待ちください、アイーシャ様！　どうかお兄様をお許しください！　決着はすでについてますから！」

いまにもフウガに斬りかかろうとするアイーシャを俺とユリガで慌てて止める。

俺は傷の痛みも忘れてアイーシャにすがりつき、ユリガに至っては先程までの芝居じみたものではなく、本気の命乞いをする羽目になっていた。

すると見かねたリーシアが溜息《ためいき》交じりに立ち上がり、

「ステイよ。アイーシャ」（パコンッ）

「あ痛ッ……リーシア様？」

アイーシャの後頭部に軽く手刀を落とした。

その衝撃でアイーシャは後頭部を押さえながら涙目になっていた。

ふぅ……もしここでアイーシャがフウガを斬ってしまったら、ここまで払った労力や犠牲が一瞬にして無に帰すところだった。

武人の本気の怒りってマジで怖い。

これはもう、さっさと場を収めてしまったほうがいいだろう。

俺はいまだにボンヤリと立ち尽くしているフウガに声をかけた。

「フウガ。まずはドゥルガを宥《なだ》めてくれ」

「っ……ああ、そうだな」

我に返ったフウガはナデンにグルグル巻きにされていたドゥルガのもとに歩み寄ると、ドカリと地面に腰を下ろし、その鼻先に手を置いた。

「ドゥルガ。俺たちの戦いは終わった。もう暴れる必要もないんだ」

『グルルル……』

怒りを剝《む》き出しにしていたドゥルガだったが、フウガに語りかけられると次第に全身の力を抜いて穏やかさを取り戻していった。

主人に撫《な》でられてリラックスする様は、超巨大ではあってもネコ科の生き物なのだなと感じさせた。あれ、ネコ科なのか？……まあいいか。

ドゥルガが落ち着いたところでナデンもその拘束を解いた。

『……念のため、私とルビィはこのまま見張るわ』

黒龍の姿のままナデンが言ったので、俺は「頼む」とお願いした。

場が鎮まったところで、俺はホッとしている様子のユリガのほうを向いた。

「……ユリガ」

「っ！　はい、なんでしょうか？」

「まだ戦場では戦いが続いている。この戦いの締めくくりはキミに任せる」

「わ、私ですか？」

目を丸くするユリガに、俺はしっかりと頷《うなず》いた。

「ああ。両軍に顔が利くユリガの言葉が、一番、両軍の将兵たちに届くだろう。放送を通し、ユリガの口から停戦と和睦の事実を上手《うま》いこと伝えてくれ」

「………」

ユリガは周囲を見回した。

俺やリーシアといった家族たち、ハルやルドウィンといった家臣たち、そして敵大将である兄のフウガも頷いていた。

そんなみんなの反応を見て、ユリガも覚悟を決めたように前を向いた。

「わかりました。……お願いします、ウォルター公」

「承知しましたわ」

エクセルが扇子を空に翳《かざ》すと、戦場のどこからでも見えるくらいの巨大な水球が再び形成された。その水球にユリガの姿が映し出されている。

戦場から聞こえていた喧噪《けんそう》が小さくなっていることからも、両軍の兵士がこの放送を注視していることがわかる。

そんな静かになった空気の中でユリガは口を開いた。

「フリードニア王国軍ならびにハーン大虎帝国軍の方々に申し上げます」

真っ直ぐ前を向いて、ユリガは語る。

「いまここに私、ソーマ・E・フリードニア陛下の第四正妃にして、大虎帝国皇帝フウガ・ハーンの妹であるユリガの名において、ソーマ陛下と兄フウガの間に停戦の合意がなされたことを宣言します」

ユリガはまず戦いを止めるために停戦から口にした。

「私の兄フウガによる攻勢はソーマ陛下まであと一歩のところまで迫りましたが、私の夫であるソーマ陛下の忠臣たちの奮闘もあり、その勢いは止められました。双方共に命に別状はありませんが、兄フウガによる突撃は失敗に終わったのです」

水球に血を流しながらリーシアに支えられている俺と、片翼を失って座り込んでいるフウガが映し出されている。

……こうして見ると痛み分けという言葉がよく似合う光景だな。

ユリガは両国の将兵のプライドを過剰に刺激しないよう、慎重に言葉を選んでいるという印象だった。

王国の将兵に対しては、フウガの攻撃を見事防ぎきったことを。

帝国の将兵に対しては、フウガを貶《おとし》めず、善戦はしたがあと一歩力が及ばなかったことをそれぞれ強調して、耳を塞がれないように気を配っている。

この人の心の機微を読んだ言い回しは師匠であるハクヤの薫陶の賜物《たまもの》だ。

きっといま、大虎帝国軍の将兵たちはこの結果を知り、口惜しさで顔を歪《ゆが》めていることだろう。ユリガは冷静な口調で話を続けた。

「戦いはここまでです。兄フウガは負傷しておりこれ以上の戦闘継続は不可能です。大虎帝国にとって、このままズルズルと戦っても勝機はなく、傷口を広げるだけでしょう。ソーマ陛下にしてもこれは降りかかってきた火の粉を払うための戦いであり、大虎帝国軍を壊滅させるまで戦う意義は見出《みいだ》せないとお考えです。よってお二人はまずこの戦いを停《と》め、大虎帝国軍の完全撤退の後に和睦をとお考えです」

そしてユリガは目を閉じると、胸の前で祈るように手を組んだ。

「もはやこの戦いは、なにも得られるもののないものとなりました。ですから両軍の皆さんは、それぞれの上層部からの指示があるまで戦闘を停止してください。私は大虎帝国の前身であるマルムキタンで生まれ育ち、フリードニア王国に嫁ぎました。これ以上、なんの益もない戦いに両国の人々が血を流すことのないように願います」

ユリガの言葉を聞いたからか、遠くの戦場からは完全に物音が消えていた。

この戦いを包んでいた熱気が急に冷めていくのを感じる。

すると大虎帝国の側から本陣退却を示す鐘の音が鳴らされた。

向こうの本陣にいるハシムもこれ以上の継戦は不可能だと判断したのだろう。

その音を聞き、王国側からも兵を退《ひ》かせるべく鐘が打ち鳴らされる。

戦争とはどんな美辞麗句を並べたとしても、結果として殺戮《さつりく》を伴う行為だ。

戦争という特殊な状況下において興奮状態になれれば、死の恐怖や殺戮への躊躇などは忘れられるかもしれない。

しかし一度冷静になってしまえば、忘れていたそれらが再び鎌首をもたげてきて、戦い続けることができなくなる。

ユリガの言葉は正しく、戦いを停めたのだ。

さて、両軍に退却の鐘を鳴らされたことで、この本陣にも将兵たちがゾロゾロと帰ってくることだろう。もう戦う意志を失っているフウガは、ここにいられても面倒なだけの存在となっていた。

「すでに決着はついた。ドゥルガと一緒に帰れ、フウガ」

そう声を掛けると、フウガは「そうだな……」と膝に手を突いて立ち上がった。

正直痛みで立っていることさえ辛《つら》い俺とは違い、フウガは（多少のやせ我慢はあるだろうが）普通に動けるようだ。

さすがは時代の英雄といったところか。

するとフウガはドゥルガを立たせたところで、その背に乗るのを躊躇った。

「……………」

「？　どうかしたのか？」

「いや……考えてみれば、これまで負けて帰ったことがなくてな。ムツミたちのもとにどんな顔をして帰ればいいのかと考えると……不意に気が重くなったんだ」

フウガにしては珍しく、心底困ったような顔をしていた。

常勝不敗の英雄は負けたときの経験値が圧倒的に不足しているらしい。

そんなフウガの言葉にその場にいた全員が呆《あき》れ、毒気が一気に抜けてしまった。

「知るか。さっさと帰れ」

「私もソーマさんに同意です、お兄様」

俺とユリガにそう言われて、フウガは苦笑していた。

「二人とも素っ気ないな……まあ、帰ってから考えればいいか」

フウガはそう言いながらドゥルガの背中に乗った。……あっ。

「おい！　斬られた翼を持って帰れよ。光系統魔導士ならくっつけられるだろ？」

地面に投げ出されたままだったフウガの片翼に気付いた俺がそう呼び掛けると、フウガはカッカッカと笑い飛ばした。

「俺に勝った褒美にくれてやる！　英雄の翼だから価値もあるだろう！」

「いらんわ！　押し付けられても困るっての！」

「それじゃあな、ソーマ！　ユリガ！」

「だから持って帰れってば！」

フウガは俺の言葉を無視し、ドゥルガを駆って颯爽《さっそう》と去っていった。

遠足のとき『来たときよりも美しく』って教わらなかったのか……まあ教わるわけないか。あの野郎、立つ虎あとを濁しまくってやがるな。

その場に残された片翼を見て、俺は呆気《あっけ》にとられた表情のユリガに尋ねた。

「なあ、この翼、どうすれば良いと思う？」

「……羽根ペンにでもしたらどうですか？　仕事柄、よく使うでしょ？」

「嫌だよ。原材料が知り合いのボディパーツのペンなんて」

「ですよねー」

俺とユリガは揃《そろ》って溜息を吐《つ》いた。

去り際まで面倒を押し付けるとは……本当に厄介な男だよ、フウガ・ハーン。

◇　◇　◇

自軍の本陣へと戻ったフウガを真っ先に出迎えたのは、参謀のハシムだった。

ハシムは主《あるじ》が片翼になっていることを見ても顔色を変えることなく、手を前で組んで拝礼した。

「無事の帰還、なによりでございます」

「ああ。すまん。俺の刃はソーマまで届かなかった」

あっさりとした様子で勝てなかったことを告げるフウガ。

しかしハシムは落胆や悔しがる様子を見せず、ただただ冷静な口調で言った。

「あそこまで切羽詰まった状態でありながら、ソーマに一太刀浴びせることができたのはフウガ様の武勇と資質によるもの。策の多いフリードニア王国には巧《うま》く防がれてしまいましたが、貴方《あなた》の雄姿に不満を持つ者などおりません」

「なんだ？　慰めてくれるのか？」

ハシムらしからぬ気遣いのある言葉にフウガが怪訝《けげん》な顔をすると、ハシムはいつもの怜《れい》悧《り》な笑みを浮かべながら「まさか」と言った。

「ただ感謝しているのですよ。世界を二分する大戦の指揮を執ること……これは策謀によって小国を切り盛りしていたチマ家の男にとっては悲願といっていいこと。勝てこそしませんでしたが、この確実に歴史に残るであろう指揮官の中にチマの名を刻むことができたのですから、亡き父も草場の陰で喜んでいるでしょう」

どうやらすでにハシムはこの結果に折り合いをつけているようだった。

この平原での戦いが始まった時点、乾坤一擲《けんこんいってき》の突撃しか選択肢がなくなった時点で、すでに負けたときのことも考えていたのだろう。

怜悧なハシムはすでにこの後のことを考えていたのだ。

するとハシムはもう一度手を前で組んで拝礼した。

「それよりも、まずはムツミ様にお会いください。我が妹は……」

「ああ。向こうでリーシア妃から聞いたよ。俺の子を身籠もってるって？」

「御意。戦場で足を引っ張ったと悔やんでいる様子」

「わかった。すぐに向かおう」

そしてフウガは兵の慰撫《いぶ》をハシムに任せると、ムツミのもとへと向かった。


フウガが本陣奥に設置されたゲル風の天幕に入ると、そこには椅子に座って項垂《うなだ》れているムツミの姿があった。

フウガは声を掛けようとして……一瞬だが躊躇した。

今の自分は敗軍の将である。ソーマたちの前で語ったとおり、どんな風にムツミと顔を合わせたら良いかがわからなかったのだ。

「…………」

ただ、入ってきたフウガにも気付かず沈んだ雰囲気を纏《まと》っているムツミを放ってもおけず、フウガは努めていつもの悠々とした感じを出しながらムツミに声を掛けた。

「ただいま、ムツミ。いま帰った」

「っ！」

ムツミが弾《はじ》かれたように振り返った。

その目元は泣きはらした後なのかやや赤くなっている。

ムツミはフウガの姿を見ると、両手で顔を覆った。

「ごめんなさいごめんなさいごめんなさい」

そして急に謝罪の言葉を繰り返した。これにはフウガのほうが慌てた。

「お、おい。なにをそんなに謝ってるんだ？」

するとムツミは顔を隠したまま俯《うつむ》いてしまった。

「放送を通じて……観《み》てました。旦那様は翼を斬られるまで戦い抜いたというのに、私は役に立てなかったどころか、敵であるリーシア様にまで情けを掛けられる始末。肝心なときに動けないこの身が悔しくて……旦那様に合わせる顔がありません」

「いや、負けたのは俺のせいだし、合わせる顔がないと思ってたのは俺のほうなんだが」

フウガはムツミの前で片膝をついた。

大柄なフウガなので、座っているムツミと視線の高さが近くなる。

そして手で顔を覆ったままのムツミを胸元に抱き寄せた。

「向こうで聞いた。俺の子供がいるんだって」

「……はい」

「合戦前に知っていたら、絶対に戦場に出さなかったんだけどなぁ」

「それが嫌だったから……隠してたんです」

「まあな。逆の立場だったら、俺でもそうしていただろう」

「……お妃《きさき》になってる旦那様は、想像できません」

「カッカッカ。逆に国王のムツミは案外しっくりくるかもしれんな」

徐々に軽口を叩き合うような会話になる。

会話を重ねることで、フウガの腕の中で強《こわ》ばっていたムツミの身体《からだ》からも徐々に力が抜けていった。そんなムツミの背中をフウガはできるかぎりやさしく摩《さす》る。

「悪いな、ムツミ。負けちまったよ。俺の刃はソーマまで届かなかった」

「旦那様は一太刀浴びせるまでいったじゃないですか。不甲斐《ふがい》ないのは私たちです」

「そんなことはない。ソーマに味方する人材の層は、俺が考えていた以上に厚く、そして堅牢《けんろう》だった。手駒をどれだけ確保できるかは君主の力量によるものだ。個の武勇ではひっくり返せないくらいの〝国〟を造られた時点で、俺はソーマに器負けしたってことなのだろう。ここが俺の限界ってことだ」

「夢は……見果てたということですか？」

ムツミの問いかけに、フウガは頷《うなず》いた。

「ああ。大陸制覇を目指す英雄フウガ・ハーンとしての旅路はここが終着点のようだ。ソーマに敗れ、俺にも子供ができたと聞かされたとき、それを強く感じた」

「っ……それは……」

悔しげな表情のムツミ。しかしフウガは柔らかく微笑《ほほえ》んだ。

「勘違いするな。子供ができていたと知らされて、最初は愕然《がくぜん》としたが、それでも嬉《うれ》しいと思ったんだ。嬉しいと思えたことで、ようやく、俺はもう時代に求められるまま突き進む英雄ではなく、一人の男に戻ったんだと実感できた」

「一人の男……ですか？」

「ああ。愛した妻を抱いて、子供を作って、のんびり暮らす普通の男にな。夢を追う日々は楽しかったが……思い返すとプレッシャーやストレスもあったしなぁ」

まるで「今日の仕事は大変だったよ」と妻に愚痴をこぼす夫のように言うフウガ。

英雄として駆け抜けているうちは脳内が興奮状態にあったため、ストレスやプレッシャーなどは感じなかったが、英雄の看板がとれて肩の荷を下ろしたいま、当時のことを冷静に考えられるようになっていた。

そんな感想を抱けることが、フウガが只人《ただびと》に還《かえ》れた証《あかし》だった。

そしてフウガはムツミを抱え上げると、天幕の奥に置かれたベッドまで運んだ。

その上にムツミを寝かせるとその頭を優しく撫《な》でた。

「今日は疲れたし、少し休もう。勝ちきりたくない王国側から仕掛けてくることもないだろうから、撤収は明日の朝を待ってからゆるゆると行えばいい」

「旦那様は……寝ないのですか？」

自分を見上げながら問いかけるムツミの言葉に、フウガは苦笑した。

「もちろん寝るが……背中の治療を受けてくる。実はさっきからズキズキ痛むんだ」

「やせ我慢してたんですか？　そういえば斬られた翼はどうしたんです？」

「俺に勝った褒美としてソーマたちにくれてやった」

「……本当になにをやってるんですか。ソーマ殿たちも迷惑でしょうに」

呆れた様子で言うムツミに、フウガはカッカッカと笑った。

「良い意趣返しだろ？……それじゃあ、ちょっと行ってくるわ」

「ええ。早く戻ってきてくださいね」

「おう」

そして天幕から出たフウガは光系統魔導士による治療を受け、戦いで付いた血や土埃《つちぼこり》を洗い落としてからムツミの待つ天幕へと戻った。

そしてその日の夜、勝者として傷の痛みに耐えながら各方面への指示出しに忙殺されているソーマとは対照的に、敗者であるフウガはムツミを腕の中に抱きながら、久方ぶりにゆっくりと眠ったのだった。

◇◇◇

翌日。大虎帝国軍は粛々とフリードニア王国から撤退を始めた。

道中で略奪などが行われないように、王国軍に見張られながらの撤退である。

すでにトップ同士の取り決めで大虎帝国が占領していた都市はすべて王国側に返還していた。王国側が逆侵攻をかけて制圧した領土の半分ほどは王国側が治めるが、その代わりハーン大虎城や周辺領地からは撤退することになっている。

この取り決めが破られないかぎり、大虎帝国軍を無事に本国へと帰すことを約束していた。捕虜の交換は大虎帝国軍の完全撤退後に行われる。

大虎帝国側には軍を巧く誘導するために道中の都市の領主などが一時的に降伏したりして捕虜になっている者も多かった。

海洋同盟側も旧レムス王国の国王ロンバルトやその妻ヨミなどの大物や他多数を捕虜にしていたため、その交換は賠償金などの条件なしで行われることになっている。

本隊の撤退に伴い、ユーフォリア王国と対峙《たいじ》していたシュウキン率いる帝国軍も、共和国と対峙していた旧ゼム兵を中心としたモウメイ率いる帝国軍も撤退し、ハーン大虎城を囲んでいたジュナさんとマリア率いる別働隊も兵を引き上げた。

今回の戦いを、世間はフウガのつまずきと捉えるだろう。

世界の半分を手に入れたフウガだが、フリードニア王国の攻略には失敗した、と。

もとの世界で例えるならば『赤壁《せきへき》の戦い』のようなものだ。

敗戦により一部領土は奪われても、大国は未《いま》だ健在であると。

フウガ信奉者はそれは一度の失敗であり、いつかリベンジマッチを行うのではないかと考えているかもしれない。

しかしその認識は誤りである。

この戦いでフウガ・ハーンが熱情を失ったことにより、俺とフウガが再び戦うことはないだろう。

赤壁の戦いが魏国《ぎこく》と後の中国史に与えた悪影響はことのほか大きかったように、大虎帝国にとっては詰みとなる敗戦だったのだ。

そのことにフウガ信奉者が気付かないような勝ち方を、こちらが演出したのだ。

いまを生きる多くの人々はこの戦いを引き分けか、海洋同盟側の辛勝と見るだろう。

だけど後の世の人が見れば、この戦いはフウガの野望の頓挫であり、海洋同盟側の完全勝利だったと断定することだろう。


――そして、大虎帝国軍の完全撤退完了から数日後。パルナム城の中庭。


「……俺は後の世の人からは嫌われるだろうな」

よく晴れた空を見上げながら俺がポツリと呟《つぶや》くと、リーシアが怪訝な顔をした。

「なによ、急に」

「いつかこの時代も歴史書だけじゃなく、物語として描かれるようになるのかなぁって考えてたんだ。英雄譚《えいゆうたん》として描かれるのなら、主役は間違いなくフウガだろうからさ。俺は英雄の偉業を阻んだ敵役として憎まれるんだろうなぁって」

きっと俺は徳川家康のような描かれ方をされることだろう。

愛知や静岡などでは家康公と敬称で呼ばれ親しまれている彼だが、石田三成や真田幸村のファンからは蛇蝎《だかつ》の如《ごと》く嫌われている。

後世の人は判官贔屓《ほうがんびいき》になりがちというのもあるが、義に殉じた三成や圧倒的劣勢の中で意地を見せた幸村の人生のほうがドラマチックだからな。

彼らが主人公の物語では、家康は悪〜い顔の狸親父《たぬきおやじ》として描かれがちだ。

多分、俺もそんな風に描かれるだろう。

そんなようなことを話すと、リーシアはクスクスと笑った。

「そうね。加えてソーマには好色王って噂《うわさ》もあったし、きっと悪く描かれるわ」

「婚約のほとんどは政治的判断だったのにな。いや、いまはみんな大好きだけど」

「でも、わかる人にはわかってもらえるわよ」

リーシアがそっと手を握ってきた。

「ソーマがなにを守りたかったのか、なにを守ったのか……後世でも、それを理解してくれる人はきっといるわ。それに、私たちはそれを知っている。いまを生きている国民たちも知っている。それで十分でしょ」

そう言ってリーシアは柔らかく微笑んだ。……そうだな。

「十分すぎるほど報われている」

「うん。だからいまは、笑顔で迎えてあげなさいな」

リーシアは手を離すと、俺の背中をバシッと叩《たた》いた。すると、

「あ、到着したようです。陛下」

アイーシャが空を指差したので見上げる。

するとはるか上空に王家所有の飛竜《ワイバーン》ゴンドラが見えた。

そのゴンドラが俺、リーシア、アイーシャ、ユリガが待つ中庭へと降りてくる。

そして着地したゴンドラの扉が開くと、

「ただいま、ダーリン！」

「うわっと」

ロロアが勢いよく飛び出して、俺に抱きついてきた。

そして俺の首に回した腕に力を込めてギュッと抱きしめる。

感触を確かめるかのように、俺の頬に何度も何度も頬を擦《こす》りつけてきた。

「生きとるな!?　足ついとるな!?　冷たくなったりしてへんやろな!?」

「お、落ち着けロロア。見てのとおりちゃんと生きてるって」

「アホォ！　ケガしてたやん！　放送で観とるこっちは気が気やなかったわ！」

慌てた様子のロロアを落ち着かせようとしたけど、怒られてしまった。

どうやら俺がフウガに斬られて血に染まった服で、リーシアに支えられながら立っていたあの光景を、映像越しに観ていたようだ。

助け船を求めてリーシアたちのほうを見ると、「自業自得だから受け止めなさい」とばかりに目を逸《そ》らされた。……自業自得か。

俺はロロアの頭に手を置くとよしよしと撫でた。

「悪い。心配掛けた」

「ホンマやわ。……でもまあ、生きてこうして会えたんならそれでええ。許したる」

「ハハハ。ありがとう」

ロロアを抱きしめながら頭を撫でる。

すると同じゴンドラに一緒に乗ってきた者たちも降りてきた。

「ユリガちゃん！」

「ユリガさん！」

その中にトモエちゃんとイチハもいた。

二人はユリガの姿を見ると駆け寄った。

トモエちゃんにいたってはユリガに抱きつくなり、大声で泣き出した。

「ううう……ユリガちゃん！　本当に、無事で良かったよぅ！」

「ちょ、泣きながらくっつくんじゃないわよ！　服が汚れるでしょうが！」

「だってぇ……ずっと心配だったんだもん……うわ～ん！」

「イチハ！　アンタの婚約者をなんとかしなさいよ！」

ユリガはイチハにそう言ったが、イチハは穏やかな顔で微笑んでいた。そして、

「頑張りましたね。ユリガさん」

「……ふんっ」

イチハが優しく声を掛けると、ユリガは照れたのかぷいっとそっぽを向いた。

ゴンドラからは他にもシアンやカズハといった子供たちを抱いたカルラとセリィナ（二

人には任務終了後にロロアと子供たちを迎えに行ってもらった）も降りてきて、リーシアたちが出迎えていた。パルナム城に家族の声が戻ってきた。

もうすぐ北からジュナさんとマリアも帰ってくるだろう。

そうすれば家族がまたこの城に揃《そろ》うことになる。

その事実を噛《か》み締めたことで、俺はあらためて戦争の終結を実感したのだった。

第六・五章　ソーマ、熱出したってよ

どうも、フリードニア国王ソーマ・E・フリードニアです。

突然ですがこの度、私《わたくし》、熱が出ました。

フウガ率いる大虎帝国軍がこの国から完全撤退したのが数日前で、いまもまだ国境線には両軍の兵士がいて、停戦が正しく履行されるかを見守っていることだろう。

それでも、疎開していたロロアやトモエちゃんたち、別働隊を率いていたジュナさんやマリアも王城に帰ってきたことで、家族が揃い、戦争の終わりを実感できた。

世間も荒らされた土地の復興へと動き出している。

そんな新たな時代への一歩を踏み出したこのときに、俺は熱を出してしまったのだ。

最初は、なんかちょっとボーッとするなぁ……くらいだったのだけど。

「……あれ？　なんか……」

「？……ソーマ？」

政務室でリーシアと戦後処理のために山積みとなっている書類と格闘していたとき、不意に世界がぐらりと揺れた気がした。思わず手からペンが落ちる。

頭の中に靄《もや》がかかったかのように思考がまとまらない。

「ちょっと、大丈夫なの？」

不審に思ったリーシアが近づいてきて、俺の顔を覗《のぞ》き込んだ。

「なんか目の焦点が合ってないし……って、熱っ！」

俺のおでこを触ったリーシアが驚いた様子で飛び退《の》いた。

「ソーマ！　アナタ、すごい熱があるわよ!?」

「えっ、そうか？　なんかボーッとするとは思ったけど」

「こうしちゃいられないわ。アイーシャ！　そこにいる？」

「はっ、なんでしょうか」

リーシアが扉のほうに声を掛けると、外で警備していたアイーシャが入ってきた。

「ソーマ、熱があるみたい。私はお医者様を呼んでくるから、アイーシャはソーマをベッドまで運んで！　ここにある簡易ベッドじゃなく、ちゃんとしたのに！」

「はっ、承知しました！　失礼しますね、陛下」

俺はなんの抵抗もできずにアイーシャに横抱きにされた。

所謂《いわゆる》お姫様抱っこである。この体勢、めっちゃ恥ずかしい。する側ならともかく、女の子にされるのは抵抗あるんだけど、頭が働かないので文句も言えなかった。

……自分が思っているより、病状は重いのかもしれない。

「いや、でも決裁しなきゃいけない書類が……」

それでも社畜根性（あれ？　俺って王様だよね？）を発揮して、なんとかそう言ったのだけど、リーシアとアイーシャから厳しい目を向けられた。

「無理して悪化したらどうするのよ！　いいから休む！」

「そうです！　我《わ》が儘《まま》言うなら意識を刈り取ってでも寝かしつけますよ!?」

「あ……はい」

……嫁さんたちが怖いです。意識を刈り取るってどうするつもりだろう。

うなじに手刀をシュタンッとやるのか、チョークスリーパーで落とすのか……あーダメだ。頭が働いていないせいで変なことをグルグルと考えてしまう。

そして俺はアイーシャに（お姫様抱っこで）ベッドへと強制連行されたのだった。


「ふ～む……風邪ではなさそうさね」

数時間後、診察に来た三ツ目族の美人女医ヒルデが言った。

アイーシャによってベッドに投げ込まれた俺はいま、ベッドの上で上半身を起こし、シャツの前だけを開けられて、ペタペタと聴診器を当てられていた。

すでに熱を測られ、口を開けて喉の様子を診られ、脈を測られている。

それ自体は普通の医療行為なのだけど……。

「……あの……さすがにこの状況はちょっと恥ずかしいんだけど」

「「「　………　」」」

シャツの前を開けられてヒルデに診察されているのを、俺の嫁さんたち（計七人）が

揃ってガン見していたのだ。これはさすがに照れる。
「だ、だって心配なんだもの」（リーシア談）
「うぅ、陛下にもしものことがあったらと思うと、私はぁ……」（アイーシャ談）
「国家の一大事ですから。もちろん、私にとってもです」（ジュナ談）
「ま、まあそれだけ愛されてるっちゅうことや、ダーリン」（ロロア談）
「人間族ってひ弱だし、心配するわよ」（ナデン談）
「この前も大きな負傷をしたばかりですからね……」（マリア談）
「わ、私は……みんながお見舞いに行くって言うから、なんとなく」（ユリガ談）
ユリガだけちょっとツンデレっぽいか。
まあ心配してくれるのはありがたいけど……ちょっと大袈裟《おおげさ》すぎない？
すると一通りの診察を終えたヒルデが聴診器を耳から外した。
「症状としては熱だけだねぇ。喉も腫れてないし、食欲もある。生活環境は……仕方ないとはいえ睡眠時間が足りてないみたいだから、過労や心労が重なったのが大きいだろう」
過労や心労……か。少し前まで戦争していたのだから無理もないだろう。
戦争への備えに追われたり、オーエン爺《じい》さんたちが戦死したり……いろいろあったからなぁ。そんなことをしみじみ考えていると……。
「あーあと。これも大きいと思うさね」
ヒルデは俺の肩から胸に残る大きな傷を指差した。

先日、フウガの斬撃によって付けられた傷だった。

大虎帝国軍との和睦がなり、フウガが撤収していったあとで消毒と光系統魔導士による治療が行われたのだけど、生々しい傷跡が残ってしまっていた。

……この傷を見るたびに、よく命があったもんだとゾッとする。

ヒルデは俺の傷を指でなぞりながら言った。

「消毒や治療が早かったおかげで傷口はキチンと塞がっている。だけど大量の血を流すほどのケガを負ったんだ。アンタの身体《からだ》は体内に雑菌が入ったと思って、ちゃんと熱を出して〝くれて〟いるんだろう」

熱を出して〝くれて〟いる……か。免疫反応だしな。

この熱も自分のためなのだ……と言われてしまうと甘んじて受け入れるしかない。

「あー、あと光系統魔法は自然治癒力を高める魔法だから、治すにも患者の体力を使ってしまう。体力を奪われたことも熱が出た一因かもね」

「そういうものなのか……」

「まあ休養と十分な睡眠、それと適度な食事。それさえとっておけば、自然と治っていくはずさね。一応、熱冷ましは処方しておくよ」

リーシアに薬を渡し、医療器具を片付けながらヒルデは言った。

俺は熱でちょっとボンヤリとした意識のまま頭を下げる。

「ありがとう……悪かったな、忙しいだろうに来てもらって……」

「ホントさね。ただでさえ……いまはどこも患者ばかりだからね」

　戦争が終わったばかりということもあり各地で負傷兵が発生している。彼女の夫のブラッドはいまも各地の病院を回って治療しているらしい。

　立場上、信頼を置ける医者に診てもらうしかないとはいえ、彼女には迷惑を掛けていると思う。

　するとヒルデはそんな俺の顔を見て「は〜」と溜息《ためいき》を吐《つ》いた。

「たしかにアンタより重傷の患者は多いよ」

「すまない……」

「だけどアンタが倒れちまったら、国が動かなくなる。そうなりゃ医療支援への予算も滞って救える命も救えなくなっちまう。王様、アンタにゃ健康でいてもらわなきゃ困るし、体調崩しているなら早く治ってもらわないと困るんだよ」

　だから早く元気になれ、という、ヒルデなりの励ましなのだろう。

　俺がもう一度「ありがとう」と言うと、ヒルデは照れ隠しなのかフンと鼻を鳴らし、

「それじゃあ、精々お大事に」

　……と、そう言って帰っていった。素直じゃないよな。

「ヒルデ先生の言うとおりよ。いまはまず休まないと」

「せやで、仕事はうちらが手分けして回したるし」

「こう見えて元女皇ですから。私もお手伝いできると思います」

リーシア、ロロア、マリアがそう言ってくれた。俺の嫁さんたちが頼もしすぎる件……なんかラノベのタイトルみたいだな。

そんなことを考えているときだった。

「……あの～」

と、そんな控えめな声が聞こえてきた。

一斉に振り返ると、そこには宰相代理のイチハと義妹のトモエちゃんが立っていた。どうやらヒルデと入れ違いに入ってきたらしい。

「？　どうかした？」

「申し訳ないのですが……陛下には早急にやっていただきたいことがありまして」

「やってほしいこと？」

「体調不良は重々承知しています。ですが……その……」

「義兄様《あにさま》、国民への顔見せは早急にやったほうが良いってことみたいです」

煮え切らないイチハに代わってトモエちゃんが言った。

「顔見せって……いまは休ませてあげられないの？」

ユリガがそう言ったけど、トモエちゃんは首を横に振った。

「私だって義兄様《あにさま》にはゆっくり休んでほしいけど……でも、義兄様《あにさま》がフウガさんに斬られるところを、国民は放送を通じて観《み》ていたでしょう？　あれから大忙しで、義兄様《あにさま》は放送に顔を出していないし、国民たちが不安に思っているみたいなの」

「はい。もしかしたらケガが悪化して危篤になっているんじゃないか、とか。憶測が憶測を呼ぶ形になっているみたいなんです。本当は陛下の回復を待って行いたいところなのですが、そうすると噂《うわさ》に尾ひれや背びれがついてしまう懸念があって……」

イチハが申し訳なさそうに言った。

（あー……そう言えば和睦がなったという事実を伝えてからは、忙しくて放送には映っていなかったっけ）

もう少し大虎帝国軍の様子を観察して、攻め込んでくることはないと確信した時点で終結宣言を出そうと思っていたけど……その矢先に熱を出してしまったからなぁ。

国民にはまだ無事な姿を見せていなかったのだ。

楚漢戦争の際、漢の劉邦《りゆうほう》は楚の項籍《こうせき》と対峙《たいじ》した際、項籍の伏兵に矢で狙撃されて負傷した。致命傷は免れたものの、痛みに伏せっていた劉邦だったが、漢軍に劉邦死亡の噂が流れると、軍師張良《ちようりよう》は劉邦に馬車で陣内を巡回させて無事をアピールさせたという。

……うん。なんでかこんなエピソードを思い出してしまった。

「パルナム内で……パレードでもすればいいのかな？」

「あーいえ、そこまではしなくていいです。放送にさえ映ってくれれば」

イチハは慌てて首を横に振った。

そういえば楚漢戦争の頃にはマスメディアなどなかったな。放送に映るだけで死亡説を払拭できるのか……時代の進歩に感謝だねぇ……って、ホントに頭働かないな。

「こんな格好で良いなら映してくれて構わないけど……」

「いいわけないでしょ」

なぜかリーシアに呆《あき》れたように言われた。

「ベッドからは移動しなくていいけど、もう少し健康そうな見た目にならないと逆に国民が不安になるわ。……ジュナさん、お願いできる？」

「メイクですね。お任せください」

ジュナさんがニッコリと微笑《ほほえ》んだ。


そしてジュナさんにメイクを施され、俺は手鏡で自分の顔を見た。

「おー……」

普通だ。普通すぎるほどに普通の自分の顔だ。

メイクによって具合の悪さなど感じられない、平時の自分の顔がそこにはあった。

（こういう普通っぽく見せる化粧の仕方ってあったよな。たしか……）

「あ、死化粧……（バシッ）あ痛っ」

「縁起でもないこと言うのやめてよね」

腕組みしたナデンに尻尾で叩《たた》かれた。

「病人なんだからもっと労《いたわ》ってくれてもいいじゃん」

「フンだ」

「自業自得です」

ユリガにも呆れたように言われた。言うようになったよね、ユリガも。

「陛下、持ってきました」

そんなことを言っている間にアイーシャが放送用の宝珠を運んできた。

それをベッドの足下のほうに置き、放送の準備が整えられる。

「それじゃあ……お願いします。陛下」

イチハにゴーサインを出され、俺は口を開いた。

◇◇◇

同じ頃、フリードニア王国の各都市にある噴水広場には、久方ぶりに大勢の人が集まっていた。王城からの放送が行われると、事前に放送での呼びかけがあったからだ。

ただいつもと違って集まっている人々の顔は不安げだった。

「何を放送するつもりなんだろうねぇ」

「まさか傷が悪化して亡くなったなんて話じゃ……」

「バカっ！　縁起でもないこと言うんじゃないよ！」

人々が暗い顔をしている理由。それはソーマの安否が不明だったからだ。

多くの人々が放送を通じて、フウガに斬られ、血を流しながら膝を突くソーマの姿を観《み》ていたからだ。その後、和睦が成立するところまでは見届けていたけれども、その後のソーマに関する続報はなく、国民たちは不安に思っていたのだ。

そんな国民たちが見上げる先に、映像が映し出された。

そこに座っていたのはベッドから上半身を起こしているソーマの姿だった。


『えー……国民諸君。ご機嫌よう。ソーマ・E・フリードニアだ』


映像のソーマが口を開く。顔色は……悪くない。

まずは元気そうに見えることに国民たちはホッとしたのだが、ソーマがベッドの上から放送していたため、まだ不安を払拭しきることはできなかった。

『まずはこんな格好ですまない。ちょっと熱を出してしまってね。原因は過労らしい。このところ忙しかったからな。数日休めば良くなるとお医者様からお墨付きはもらっている。治ったらバリバリ働くんでいまはちょっと休ませてほしい』

軽い口調でソーマは言う。どうやら大丈夫らしい。

お医者様からお墨付きはもらっているという言葉は国民たちを安心させた。

するとソーマはシャツの襟を開いて鎖骨のあたりを見せた。

そこには大きな傷がハッキリと刻まれていた。

「「　っ!?　」」

『諸君らが多分、一番気にしているであろうフウガに付けられた傷がコレだ。もう傷は完全に塞がって痛みもない。ただこの傷の回復のために体力を使ってしまったのも熱が出た原因の一つみたいだ。この傷で死ぬとかそういうことはないんで安心してほしい』

安心してほしい……とソーマは語るが、国民たちは複雑だった。

先の大虎帝国との戦争はソーマたちの事前の備えが万端だったこともあり、戦いに参加した兵士たちや、戦地となった地の民、大虎帝国の進軍経路上にある街や村からの避難民、その避難民を受け入れる大都市の民以外にとっては、いつの間にかはじまり気が付いたら終わっていた戦争だった。

たとえば戦地にもならなかったフリードニア王国の東や南の民にとっては、

『どうやら大虎帝国との戦争がはじまるらしい』

と、噂が立ったかと思ったら、

『どうやら大虎帝国との戦争が終わったらしい』

という噂を聞くことになったのだ。

そして戦争に関わらなかった多くの人々は、

『戦争って聞いたけど、こんなに早く終わるなら楽勝だったのだろう』

と、安易に思ってしまっていたのだ。

そんな国民たちが一斉にソーマの傷を見たことにより、衝撃を受けた。

たしかにソーマが斬られる映像は観ていた。

しかし多くの人々は目にした光景を信じられず、呆気《あっけ》にとられていた。

そして今日、あらためて傷跡を見るに至り、それを事実と受け入れたのだ。

戦争になっても本陣深くにいるはずの王があれほどの傷を負ったことを知り、先の戦いが激戦だったということを、大勢の人々がこのとき初めて理解したのだ。

国王であるソーマが死の危機に瀕《ひん》した。

ソーマ自身はあまり目立つタイプではないが、彼を支える妃《きさき》たちや家臣たちは皆有能であり、それを束ねているのがソーマであることを、国民たちも理解していた。

そんなソーマが死ねば、この国は大混乱になること必至だった。

いまの平穏は紙一重で護《まも》られたという事実を、国民たちは突きつけられたのだ。

その衝撃たるや凄《すさ》まじいものなのだが、国民たちのこの反応をソーマを始めとする王城側の人々は誰も理解していなかった。なぜならば彼らは戦争の当事者であり、王国が危機的状況だったということは周知の事実と思い込んでいたからだ。

人の機微に敏《さと》いハクヤがいれば指摘できただろうが、彼はユーフォリア王国にいる。

「おい、マジでこの国、危なかったってのか？」

「王様があんなケガをするほどだしなぁ」

「じゃあ陛下は、自ら戦場に立って私らを守ってくれたのかい？」

「王様ってのは安全な場所で指示するだけじゃねぇんだなぁ……」

国民たちを安心させたいと行ったソーマたちの放送だが、ソーマたちの想像とは違った形での動揺を生んでしまう結果となった。

この動揺が、このあとのちょっとした騒動に繋《つな》がっていくことになる。

◇◇◇

「はい、陛下。林檎《りんご》が剝《む》けましたよ。あ～ん」

「あ～ん……」

アイーシャから差し出された林檎一切れをパクッと食べる。

あの放送から丸一日が経過した。今日も療養のため完全オフにされている。

あれから嫁さんたちが時間を調節して、交代で俺の看病をしてくれた。

まあただ熱が出ているだけなので、俺が退屈しないように話し相手になりつつ、ベッドに書類を持ち込んで仕事しないか監視している感じなのだけど。

いや、そこまでワーカホリックじゃないって……多分。

一度子供たち（シアン、カズハ、レオン、カイト、エンジュ）がカルラに連れられてお見舞いに来てくれたけど、マリアに抱かれた赤ん坊のステラ以外は騒がしかったので、顔見せ程度で連れ出されてしまった。ちょっと淋《さび》しい。

いまはアイーシャが看病してくれる番で、差し入れの林檎を剝いてくれていた。

「（モグモグ）……ん。アイーシャって林檎剝けたんだな」

「剝けますよ！　これくらい」

「いや〜だって料理するイメージないからさぁ」

「切るのは得意です。ナイフは武器としても使用してますからね」

アイーシャはエヘンと胸を張ったけど、それって自慢できることなんだろうか？

そんなことを思っていたときだった。

バタンッ、と部屋の扉が勢いよく開け放たれた。

「大変よ！　ソーマ！」

その扉から勢いよくリーシアが駆け込んでくる。

「どうしたんだよ、そんなに慌てて」

俺が尋ねると、リーシアは一気に詰め寄ってきた。

「どうしたもこうしたもないわよ！　大変なことになってるんだから！」

「大変なこと？」

「いま城門前に、パルナムの市民たちが詰めかけているのよ！」

「えっ、なに？　暴動？　一揆《いっき》？」

なにか怒らせるようなことをしただろうか？

ハシムあたりが国民を煽動《せんどう》したとか？……いや、もう戦争は終わってるよな。

じゃあ戦後復興に向けて動き出すこの時期に、熱を出して休んでいるから怒ったとかかな？　いや、それだけで詰めかけてくるほど国民が狭量だとは思いたくないけど。

そんな感想をリーシアに伝えると、

「はい？　なに見当違いな想像をしてるのよ」

……と一蹴された。解せぬ。

「じゃあなんで詰めかけてるんだよ」

「ソーマへのお見舞いに、市民たちが集まってるのよ。……いえ、国民たちといったほうがいいわね。パルナムだけじゃなく他の都市でも同じことが起きているみたいだし」

「「……はい？」」

リーシアの言葉に、アイーシャと揃《そろ》って首を傾《かし》げてしまった。

◇　◇　◇

この状況を端的に表すならば〝お見舞いラッシュ〟だろう。

城門前に集まった人々は単純に、ソーマのことを心配していただけだった。

「王様、熱出したんだってな。うちの魚食わせて元気にしてやってくれ」

「バカだねぇ。お見舞いには果物でしょうが。どうか差し上げてくださいな」

「手持ちにゃダンジョン産の魔物素材しかないんだが、復興用の資材として使えるかもしんねぇし、受け取ってくんな」

「……こちら、気持ち程度ですがお見舞い金です」

集まった人々は皆それぞれ、ソーマへのお見舞いの品を持っていた。

自分たちのために頑張ってくれたのであろう王様を労《ねぎら》うために、食べ物だったり、薬草だったり、お金だったりを受け取ってほしいと、城門前を警備する衛士《えじ》たちに差し出していたのだ。

なお、当初は受け取りを断るようにリーシアから指示が出されていたのだが、次から次へと人が押し寄せるものだから、このままではすし詰め状態になると判断し、一括して受け取る方針に転換したようだ。

そのあまりの混雑っぷりに衛士たちは急遽《きゅうきょ》増員され、ロロアが財務系の官僚を派遣してお見舞い品の仕分け作業を行っていた。

そして同じような光景は他の都市の政庁前でも見られた。

「王様のところに送ってくれ」

と、人々が物品を持って押し寄せていたのだ。どこの都市も大混乱である。

こうなった原因として、ソーマの戦闘力のなさが周知されていたということがある。

ソーマは弱い。内政重視で戦場での活躍はほぼ聞かない。

フウガ・ハーンと戦闘力を比べたら、飛竜《ワイバーン》と虫くらい差があるだろう。

もちろん虫がソーマだ。

そんなソーマがフウガの前に立って傷を負ったのだ。逆立ちしたって勝てないだろう相手に対して、国王だから、国や民を守るためだからと立ち向かう。

その姿に人々は心を打たれたし、弱いソーマに庇護欲《ひごよく》をくすぐられた。

そして自然と「あの王様のためになにかしてあげたい」と思うようになったのだ。

ある意味、ソーマの持つ人徳の結果なのだ。

◇◇◇

「どうするのよ。お金とかはともかく魚や野菜なんて日持ちしないわよ？」

「……はぁ」

リーシアに尋ねられ、俺は呆気にとられてしまった。

俺が熱を出したからって、国民たちからいろんなものが届くのか？　国王と国民の関係って、単純に言えば搾取する代わりに庇護を与えるって感じだろう。

それなのに体調不良ってだけでいろんなものをもらってしまった。

（なんだろう。生放送で急な高額スパチャに困惑する新人配信者の気分だ）

まあこんな喩《たと》えを出してもリーシアたちには伝わらないので言わないけど。

……とにかく、どうにかするしかないか。

「アイーシャ……悪いけどまた宝珠を持ってきてもらえる？　あと城門前に水系統魔導士を集めて水球を作るように言って」

「は、はい。了解です」

アイーシャは弾《はじ》かれたように部屋から出ていった。

残されたリーシアと一緒に深々と溜息《ためいき》を吐《つ》く。

「まったく……なんだってこんなことに」

「他人事《ひとごと》みたいに言わないでよ。ソーマの人徳でしょ」

「人徳って言うのか？　この場合も」

フウガのように強さで人々を惹《ひ》きつけているわけではない。

マリアのように魅力で人々をまとめているわけでもない。

弱いから、放っておけないからと人が集まる。これは人徳か？

するとリーシアはクスクスと笑った。

「人徳でいいんじゃない？　つい手を貸したくなるのがソーマだし」

「……左様で」

ちょっと照れくさかったので俺はポリポリと頬を掻《か》いた。

しばらくしてアイーシャが宝珠を持って戻ってきた。

「陛下、お持ちしました」

「し、し、失礼します」

　あとから放送調整用の魔導士も慌てて入ってくる。

「あと、ちょうどエクセル殿がいたんで城門前に向かってもらいました」

「よし。じゃあ早速放送を始めてくれ」

　アイーシャの言葉を聞き、俺はそう命じた。

　少し待って、魔導士からキューサインが出される。

　俺は宝珠に向かって口を開いた。

「オホン……国王のソーマだ。早速だけど、私の体調不良を気遣い、人々がお見合いの品を渡そうと集まってくれたと聞いている。ありがたいことなのだが、私はこのとおり元気になったので、私個人として気持ちだけ受け取らせてもらいたい」

　一先《ひとま》ずこれ以上お見舞いの品が来ないように牽制《けんせい》する。

　あとは集まってしまったものをどうするかだな。

「すでに集まったものについてだけど、お金や資材についてはこれからの復興資金として利用させてもらう。そして生鮮食品についてだけど、もうその場に集まっている者たちで美味《おい》しくいただいちゃってくれ。城の酒蔵からもいくらか酒樽《さかだる》を提供するから、戦争の終わりを祝って楽しんでもらいたい」

　受け取ってしまっても腐らせるし、持って帰れと言うと角が立つ生鮮食品。

不満に思われないためにも宴《うたげ》にしてしまえばいいだろう。

すると遠くのほうから人々の歓声のようなものが聞こえてきた。

宴の報《しら》せに人々も喜んでいるようだ。

放送が切られたことを確認した後で、リーシアが口を開いた。

「お疲れ様。ホント、ソーマって落とし所を探すのがうまいわよね」

「それって褒めてるのか？」

「褒めてるわよ」

「はい。とっても頼もしいです」

アイーシャにもそう言われ、俺は満足しながら再びベッドに横になった。

早く良くならなくては。こんな俺を支えてくれるみんなのためにも。


その日、王国の各地では賑《にぎ》やかな宴が開かれたという。

第七章 追悼

戦争が終わり、世界も徐々にだが落ち着きを取り戻した頃。

俺の体調もすっかり良くなり、ようやく日常が戻ってきたときのことだ。

「……ここなのか？　ユリウス」

俺が尋ねるとユリウスは頷《うなず》いた。

王国の【白の軍師】として名が通っているユリウスだったが、今日は黒い服を着ていた。

ユリウスだけじゃなく、この場に集まった者たちは皆黒い服を着ている。

新鮮味がないのはいつもの軍服（黒）を着ている俺くらいだろう。

「ああ。ここがオーエン殿やヘルマン祖父様《じいさま》の果てた地だ」

「そうか……もう、なにもないのだな」

夕刻。パルナムの北部に位置する山際の砦跡《とりで》。

いまはもう砦を囲んでいた防壁の一部がその名残を留《とど》めているだけだった。

オーエンとヘルマンは大虎帝国の兵たちを巻き込み、大量の火薬でもって爆死したため、戦後に来てみれば瓦礫《がれき》の燃え残りだらけだったらしい。

散らばる遺体も判別不可能な状態だったそうだ。

すでに瓦礫は撤去され、遺体も王国・帝国の区別なく（そもそも判別できなかったのだが）この地面の下に埋葬され、地表にはポッカリと空き地があるのみだった。

激戦を物語るのは防壁に残る焦げ跡のみという状況だった。

「ようやくこられたよ。爺《じい》さんたち」

俺は膝を突くと、地面に手を置きながら言った。

「命令違反や、勝手に命を投げ出したことについては文句を言いたい。でも、爺さんたちの献身があったからこそ、俺たち家族はこうして集まることができたんだ」

この場に集まったのは俺と俺の妃《きさき》たちやその子供たち。

ヘルマンの孫ユリウスと、その妻ティアとその子ディアス。

そしてトモエちゃんやイチハ、ハルやカエデ、エクセルやカストールなど、この国の錚々《そうそう》たる家臣たちが居並んでいた。

離れた場所には放送用の宝珠が置かれていて、この地で時間を稼ぎ果てた勇士たちのことを、俺たち家族だけでなく、国民全員が偲《しの》んでいた。

今日この時間だけは黙禱《もくとう》を捧《ささ》げるよう国民にはお願いしている。

「アイーシャ、アレをここに」

「承知しました」

アイーシャが畳半分くらいの大きさの石を頭の上に持ち上げて運んできた。

それを俺の前にドカッと置く。

石碑だった。

爺さんたちはまとめて埋められたため、墓も建てられないことから、こういう石碑を用意して墓石の代わりとしたのだ。

表面には国のために命を捧げた爺さんたちを讃《たた》える詩が、裏面には爺さんたちと共に殉じた者たちの名前が刻んである。

『犠牲者はいつもこうだ。文句だけは美しいけれど』

かつていた世界にあった巨大ヒーロー番組の再放送で聞いた台詞《せりふ》を思い出した。

国や科学の発展のために犠牲となり、怪獣になってまで地球に帰還した者を討伐したあと、その墓に彫られた綺麗《きれい》な文言を見て、科学特捜隊が淋《さび》しげに呟《つぶや》いた言葉。

死んでいった者たちに対して、石碑を建てることに、その石碑に刻まれる慰めの言葉に、いかほどの意味があるのかはわからない。

だけど、なにかせずにはいられないのが遺《のこ》された者の心情だろう。

「……ロロア、ユリウス、ティア殿」

アイーシャが下がったあとで、俺は三人の名前を呼んだ。

ロロアはレオンを、ティアはディアスの手を引いている。

ヘルマンの孫と伴侶とその子が揃《そろ》ったことになる。

「ヘルマン祖父様……」

ロロアがレオンと繋《つな》いでいる手とは反対の手で持った手紙をギュッと胸に抱いた。

ヘルマンの死はロロアがヴァネティノヴァにいた頃から伝わっていたが、遺言書となった手紙はパルナムへの帰還後に手渡した。

中には日に日に娘に似てくるロロアへの親愛の情と、ひ孫が見られた喜び、ここで死んでいくことへの詫《わ》びなどが書かれていたようだ。

するとティアとロロアは子供たちに一輪の花を渡した。

「ディアス、お祖父様たちにお花をあげてきて」

「レオンもや。じぃじたちに『おやすみなさい』って言ってな」

「じぃじに～？」

「わかった！」

ディアスはキョトンと首を傾《かし》げ、レオンは元気よく返事をした。

二人とも死というものをまだ理解できていないのだろう。

花を受け取るとトテトテと石碑に駆け寄って花を置き、

「「じぃじ、おやすみなさ～い」」

と、笑顔で言ったのだった。……うん。それでいい。

子供たちの笑顔を守るために爺さんたちは命を懸けたのだから。

ロロアとティアが涙を流しているだけで十分だろう。

俺は天を見上げているユリウスの肩にポンと手を置いた。

「なあ、ユリウス？」

「……なんだ？」

「命令違反した勝手な爺さんたちへの意趣返しに、ここに二人の霊廟《れいびょう》を建てて仰々しく祀《まつ》り上げるのはどうだろうか？　戦と大酒飲みの神様として」

「……フッ、なるほど。二人の苦笑いする顔が目に浮かぶな」

ユリウスが表情を緩めた。

質実剛健だったあの爺さんたちだ。

神様扱いされてもてはやされるのは居心地が悪かろう。

奉納品はお酒推奨ってことにしてやるから、甘んじて命令違反の罰を受けるといい。

ロロアたちを下がらせたあと、俺はナデンを呼んだ。

「ナデン。頼む」

「合点承知よ」

ナデンが黒龍の姿へと変わり、俺はその背中に跳び乗った。

そして居並ぶ家臣たちの背後に用意してあった酒樽を二つナデンに持ってもらうと、地上から五十メートルくらいのところまで浮き上がった。

そこで俺は声を張り上げた。

「オーエン爺さん！　俺との賭けに勝った褒美の『大陸一高い酒』だ！　マリア経由でジャンヌ女王に頼んで、旧帝都ヴァロワに眠っていた値段もつけられないような葡萄酒《ぶどうしゅ》を、使う暇がなくて貯《た》まっていたポケットマネー全額使って買えるだけ買い込んだぞ！　ヘルマン祖父さんや仲間たちと一緒に泉下で飲んでくれ！」

俺がそう叫ぶと、ナデンが蓋の開いた酒樽を傾け葡萄酒を振りまいた。

石碑と周囲の地面に葡萄酒の雨が降っている。

この地には王国兵だけでなく大虎帝国兵も眠っているけど……まあ祟《たた》られたくはないので仲良く飲んでくれ。

地上へと戻ると、俺は家族や家臣たちのほうに向かって言った。

「さあ、酒はまだあるぞ！　ジャンヌ女王とハクヤが気を利かせて、値引きして大量に譲ってくれたからな！　大虎帝国民の目があるから大規模な戦勝祝いはできないが、今日この日、この場に集まった者だけならばいいだろう！」

するとポンチョと、その夫人であるセリィナとコマインの指揮のもと、なんにもない地面にテーブルや椅子や燭台《しょくだい》などが運び込まれて、すぐに野外宴会場が完成した。

そしてカルラなどの侍従《メイド》たちによって料理が運び込まれている。

会場の至る所に酒樽が置かれ、俺の家族や家臣たちはその酒樽の前に集まった。

「今日だけはある程度の羽目を外すことを許そう！　散っていった者たちのことを思いながら、彼らと一緒に飲み明かそう！……それじゃあ、叩《たた》き割れ！」

俺の号令に剣やナイフを持つ者はそれを抜き、その柄で酒樽の上に蓋代わりに載せられていた薄い板を叩き割った。

そこから柄杓《ひしゃく》でそれぞれの杯に葡萄酒を配る。

そして葡萄酒の入った杯を掲げながら、俺は声を張り上げた。

「亡き同朋《どうほう》と、大っぴらに祝えない勝利に、乾杯！」

「「「　乾杯!!　」」」

こうしてお通夜ムードは一変し、そこからは宴会ムード一色となった。

オーエンやヘルマンにしても、シクシク泣かれるより、大勢で大騒ぎしているほうが見ていて安心できるだろう。

羽目を外すのを許したためか、会場は相当な盛り上がりを見せた。

ハルやカストールやミオなどの武人連中は、自らの武勇伝に花を咲かせているし、リーシアやアイーシャやカエデなどは楽しそうにガールズトークをしていた。

トモエちゃん、イチハ、ユリガなどは招待したヴェルザやルーシーたちとの再会を喜んでいるし、エクセル、アルベルト義父《とう》さん、エリシャ義母《かあ》さん、それにカゲトラといったアダルトなグループは静かに飲み交わしている。

ロロア、ユリウス、ティア、コルベールなどの旧アミドニア組はヘルマンを思いながら談笑しているし、ルドウィンやワイストや一時帰国したピルトリーなどがオーエンを偲んでいる。

夜になり、みんないい感じに酒が回り始めた頃。

カルラやセリィナたちが子供たちを退散させた。

そこからはしっちゃかめっちゃかになり、ナデンとルビィは口論になったのか危うく怪獣大戦争を起こしかけていたし、ジュナさんとマリアは即席歌姫《ローレライ》ユニットを再結成させて、楽しそうに舞い踊っていた。

俺もいろんなところに顔を出したり、呼ばれたりして飲みすぎたため、最後のほうの記憶はなくなっていた。

（爺さんたち……あの世で楽しんでくれているか）

目が回り、地面にゴロンと転がりながら俺は杯を空に掲げた。

これで追悼になっているのかどうかはわからない。

それでも、これで、俺たちは歩いていける気がした。

爺さんたちが導いてくれた明日へ。

地面に大の字になって明ける空を見上げながら、俺はそんなことを思ったのだった。

――そのおよそ一年後。

俺たちのもとに『フウガ、死す』という報がもたらされた。

第八章　英雄の退場

——海洋同盟と大虎帝国で行われた決戦から凡《およ》そ一年。


この一年間にフウガ・ハーンが何をしたかといえば……なにもしなかった。

いや、なにもしないというのは語弊がある。

ルミエールが上げてくる書類の決裁をし、シュウキンたち軍部に指示して治安維持を行い、それらの仕事が終われば愛妻ムツミと生まれたばかりの息子スイガを愛《め》でるという……ごく普通の男のような生活を送っていた。

あくまでも、英雄的な事業をなにもしていないということである。

対外戦争は行わない、強敵にも挑まない、前人未踏のことを成し遂げることを望まない……と、まるで情熱の火が消えたかのように静かに暮らしていた。

海洋同盟との決戦が痛み分け（大虎帝国内ではそう喧伝《けんでん》されている）という形に終わったことで、フウガのやる気が失われたのではと人々は噂《うわさ》した。

フウガがこのような状態であることを、いまのうちに内政を強化して帝国の基盤を固めたいルミエールや、彼がひたすらに駆け抜けたことにより失ったものを取り戻そうとしているのだと見ていたシュウキンなどの古参組は歓迎していた。

フウガが再び野望に動き出すときが来たら死力を尽くして支えるが、そうでないならこの国を安定させ、この安寧を守ろうと考えていたのだ。

しかし、そのような考えで意思統一を図るには、大虎帝国は広大すぎであり、様々な者の様々な価値観を抱え込みすぎていた。

大虎帝国内にはフウガの野望の停滞を許せない者も多数存在したのだ。

フウガの夢に人生一発逆転を賭けていた者たち。

フウガの夢のせいで故国を失った者たち。

フウガの夢のためになら命を懸けても惜しくないと思っていた者たち。

そういった者たちは一様に不満を募らせることになる。

フウガならば大陸制覇の夢を実現できると信じて、自分の夢をフウガの夢に重ね、滅ぼされた故郷の恨みも捨て、命さえ投げ出す覚悟でフウガの夢に付き合ってきたのだ。

フウガの歩みの停滞は、それらの信頼への裏切り行為であると思われたのだ。

そのため、大虎帝国内では海洋同盟との決戦後、各地で反乱が起こるようになる。

その反乱に対してもフウガは自分で対処しようとはせず、シュウキンなどの部下を派遣して鎮圧するに留《とど》めていた。

以前のフウガならば、どんな小さな戦いであっても喜んで参戦していただろう。

しかし戦いを部下に任せて内政のみを行うフウガの姿は、人々に〝夢は見果てた〟という事実を実感させたのだった。そして、

「フウガの時代は終わったのか？」

「次の時代を牽引《けんいん》するのは誰なのか？」

……と人々を困惑させることになる。

その声は当然、フウガ・ハーンにも届いていた。

「カッカッカ。みんな好き勝手言いやがるよなぁ」

フウガはムツミの部屋で寛《くつろ》ぎながら、まるで他人事《ひとごと》のように言った。

ムツミは眠ってしまった息子のスイガを胸に抱きながら、穏やかに微笑《ほほえ》んでいた。

「人々にとって旦那様は太陽のようなものです。急に隠れられれば慌てるでしょう」

「表に出なくなったらコレか。ただ〝アイツのように〟生きてみてるだけなんだが」

フウガの言うアイツとはソーマのことだ。

挫折して目標を失い、一方で子供ができたフウガはどう生きればいいかがわからず、一《ひと》先《ま》ずソーマの真似《まね》でもしながら今後のことを考えることにしたのだ。

仕事をして、任せられる仕事は家臣に任せ、愛する家族との時間を大事にするという、ごく普通の生き方をこの一年間してきたのだ。

「それで、どうです？　ソーマ殿のように生きてみて」

ムツミが微笑みながら尋ねると、フウガは頭をガシガシと掻《か》いた。

「存外悪くないもんだな、こういう生き方も」

「あら、意外です。旦那様には退屈かと思いましたが」

「退屈してる暇はなかったな。内政仕事は慣れないし、子供の相手をするのも存外難しい。スイガに顔を見て泣かれなくなるまでだいぶ時間がかかったからなぁ」

「フフフ、そうでしたね」

ムツミはそのときのことを思い出したのかクスクスと笑った。

世界を相手に戦争をしてきたフウガだったが、たった一人の赤ん坊をあやすことにはとても苦労していた。

顔を見せれば泣かれて、なんとか落ち着かせようとしても失敗する。

ムツミに助けを求めてスイガを泣き止《や》ませてもらい、顔には出さないようにしていたけど雰囲気でションボリしているフウガの姿をムツミは何度も見てきたのだ。

それでもめげずにスイガに接し、トライ&エラーを繰り返した結果、泣かれなくなってきたところだった。

「旦那様も頑張ったと思います。もう立派に〝お父様〟ですよ」

「カッカッカ。そりゃうれしいねぇ」

「フフッ……でも、そのうちまた英雄に戻るような気がします」

ムツミが穏やかな表情のまま言った。

「いまはすっかり落ち着いてますけど、持って生まれた性分は変わりようがありませんから。いまはいっとき休んでいたとしても、いずれまた、旦那様は走り出すと思います。それが大陸制覇なのか、それとも北の世界に乗り込むことなのかはわかりませんが」

まるで見透かされるような目で言われ、フウガは少し顔色を変えた。

「ムツミは……俺のことを、そう思っているのか？」

「はい。ソーマ殿の真似をして落ち着いてみせても、いつかはまた夢に翼が生えて飛び立つことでしょう。そのときは私も、ついていきたいと思っています」

「スイガはどうする？」

「私たちの血を継いでいるのです。きっとこの子もついてきたがるでしょう」

「………」

ムツミの言葉に、フウガは胸のうちにわずかだが湧き上がってくるものを感じた。

いまはまだ寝ているが、そのうちまた目覚めるであろう衝動。

この衝動が目覚めたとき、自分はまた世界をアッと驚かすことができるかもしれないという……そんな予感だ。

ソーマとはもうやり合う気はないが世界は北にも広がっている。

その北の世界へ大遠征を行うのも浪漫《ろまん》があっていいではないか。

スイガがある程度大きくなったとき、虎は再び目覚める。

二人はそんな予感を覚えていた。

……しかし、その日が訪れることはなかった。

ワアアアアアアアアア!!

「っ？　なんだ？」

にわかに城内が騒がしくなった。

遠くから無数の歓声のような、叫声のような声が聞こえてくる。さらに、

ドドドドゴーンッ！　ガガーンッ！


爆撃のような音が聞こえたかと思えば、焦げるような臭いが漂い、窓からは煙のようなものまで見えていた。あきらかになにかが起こっている。

フウガは立ち上がると立てかけてあった斬岩刀に手を伸ばし、ムツミは泣き出したスイガを抱えながら動きやすい服に着替えた。

着替え終わったムツミは剣を手にしながらフウガに尋ねた。

「敵襲ですか？」

「わからん。他国でここまで攻め込める軍はフリードニア王国軍くらいだろうが」

「ソーマ殿はそのようなことはしないでしょう。となると……」

「……謀反か。誰の主導だ？」

「お兄様ならやりかねない……とは思ってます」

「ああ。俺も裏切るならハシム《あいつ》だと思ってたが……それにしては性急すぎる」

いまフウガ軍は反乱鎮圧や各地の整備のために兵や家臣を各地に送り出している。

このハーン大虎城の守りが薄くなっているのは確かだ。

右腕であるシュウキンは主力部隊を率いて西へ向かい各地の反乱を鎮圧している。

鎮圧した地の安定はルミエールが担っている。

クレーエや、ロンバルトとヨミの夫妻も北と東のほうで発生した反乱を鎮圧している頃だ。モウメイはいまだ旧ゼム領を代理で治めている。

ハーン大虎城に残っている武将は参謀であるハシムと、フウガ直卒《じきそつ》の軍として首都の守備に残っていたカセンとガテンとガイフククらいだった。

すると扉が慌ただしく叩《たた》かれ、カセンが転がるようにして部屋に駆け込んできた。

「フウガ様！　謀反です！」

そう叫んだカセンに、フウガは「敵は？」と尋ねた。

するとカセンは答える。

「クレーエ将軍です！　クレーエ率いる空軍部隊がこの城に奇襲を仕掛けています！」

「っ！　クレーエか！」

反旗を翻したのは反乱鎮圧に向かっていたはずのクレーエ軍だった。

どうやらクレーエは戦なき現状に不満を募らせていたナタや、フウガに故郷を滅ぼされ恨みを抱いている者たちを秘《ひそ》かに糾合し、反逆の機会をうかがっていたようだ。

そして一軍を率いて反乱を鎮圧するよう命じられたのを機に、賛同者を一斉蜂起させ、率いた軍でこの城を急襲したようだった。カセンはさらに言う。

「いま、ハシム殿やガテン殿やガイフク殿が防いでいますが、多勢に無勢であることに加え、敵に空を押さえられています！　この城も長くは持ちません！　急ぎ脱出するようにと、ハシム殿からの進言です！」

「……ハシムは裏切らなかったのか」

フウガは妙なところに感心していた。

裏切るならば策謀多きハシムだと思っていたが、この反逆は性急すぎる。

時代が安定へと向かっていき、人々の心も北の新世界へと向いているいま、ただ単にフウガを討ち取ったとしても人々はついてこないだろう。

未来への展望が見えない反逆。

しかしそれが直情型のクレーエの犯行だとすれば合点もいく。

「カセン、ドゥルガはどうした？」

「……クレーエにとってフウガ様の足となるドゥルガは脅威です。おそらく集中攻撃を受けたことかと……」

「くっ、いくらドゥルガでも一頭だけではな……」

竜族とも互角以上に渡り合える飛虎ドゥルガだが、さすがに一頭だけでクレーエ率いるグリフォン騎兵と渡り合うのは難しいだろう。

背中に英傑フウガを乗せてこそ、彼の獣は真価を発揮できるのだから。

と、そのときだった！

「っ！　フウガ様！」

カセンが窓に向けて二本の矢を放った。

カセンの放った矢はバルコニーへと繋《つな》がるガラス戸を突き破り、その向こうでいままさに部屋に侵入しようとしていた兵士二人を射貫《いぬ》いたのだった。

どうやらグリフォン騎兵が刺客を降ろしていたらしい。

「もうここまで敵が……」

ムツミがそう呟《つぶや》くのを聞き、フウガは「ふう」と力なく息を吐いた。

「歩みを止めた途端にこれか。天は俺を、普通の男にはしたくないようだ」

◇◇◇

——同時刻。大虎城の厩舎《きゅうしゃ》付近。

「囲め！　絶対に外に出してはならない！」

「無理に近づくな！　遠巻きに矢を射かけよ！」

『ガルルアアア!!』

大虎城の戦闘用騎獣を飼育している区域。

その中にある、フウガの相棒・飛虎ドゥルガ専用の巨大厩舎では、反乱軍とドゥルガが熾烈《しれつ》な争いを繰り広げていた。クレーエが反乱を起こすにあたり、もっとも警戒すべきことはフウガとドゥルガの合流だった。

フウガとドゥルガはまさに人虎一体。

フウガがドゥルガに乗った瞬間に、クレーエ自慢のグリフォン騎兵はもちろん、ノートゥン竜騎士王国の竜騎士さえ太刀打ちできない破壊力と機動力を得てしまう。

実際、フウガは単騎で竜騎士を何騎も屠《ほふ》った実績がある。

たとえ厳重に、何重にも包囲していたとしても、反乱軍にフウガたちを阻むことなどできるはずもなかった。だからこそ反乱軍は真っ先にドゥルガを狙ったのだ。

まずは秘かにドゥルガの餌の給仕役を殺害して彼になりすまし、毒餌を与えて殺そうと試みた。しかしドゥルガの野生の勘か、いつもの給仕役と違うことに不信感を抱いたのか、毒餌を食べることなく『ガルル』と偽の給仕役を威嚇した。

毒餌を食べさせることに失敗した反乱軍は実力行使に出る。

一軍でもってドゥルガを殺生せんとしたのだ。

「射《う》て、射《う》て！　射《う》ち続けろ！」

『グルルルアア！』

遠巻きに矢を射かけられ、矢が何本も身体《からだ》に刺さりながらもドゥルガは奮戦し、トドメを刺すべく近づいてきた猛者を引き裂き、踏み潰していた。

『ガルルアアア!!』

「ひぃっ!?」

「くっ……化け物めぇ」

その獰猛《どうもう》な瞳に睨《にら》まれて、腰を抜かす兵士が後を絶たなかった。すると、

「畜生一匹になにを手間取ってやがる」

そんな野卑で苛立《いらだ》たしげな声が聞こえてきた。

そこには大斧《おおおの》を肩に担いだ【虎の戦斧《せんぷ》】ナタが立っていた。

フウガの配下であるにもかかわらず反乱軍側から現れて。

「強いヤツと戦えるっていうからクレーエのほうについたが、獣狩りを命じられるとはなぁ。早く片付けてフウガとやり合いてぇってのによ」

戦闘狂のナタは平穏になりつつある世界が受け入れられず、日々鬱憤を募らせていた。

そこにクレーエから誘いの手が伸び、反乱軍に与《くみ》したのだった。

『ガルルルル……』

ドゥルガの瞳がナタを捉える。

「おおっ、トラ公め。俺とやり合おうってのか」

『ガルルアア』

「退屈してたんだ。相手してやろうじゃねぇか」

ナタが背負っていた大斧を構える。

するとドゥルガがナタに向かって飛びかかった。

『ガルルアアア!!』

「おりゃあああ!!」

ドゥルガがナタを斬り裂かんと前肢を繰り出す。

同時にナタはドゥルガを薙《な》ぎ払わんと大斧を横に振り抜く。その刹那、
バキンッ
固いもの同士がぶつかる音が周囲に響きわたる。

見ればナタの頬が裂けて血がダラリと流れ出していた。

一方のドゥルガも前肢の横を切られたらしく血が流れている。

「畜生風情がやるじゃねぇか」

頬の血を手の甲で拭いながらナタが言うと、ドゥルガはのっそりとナタのほうへと向きを変える。そして再びナタに襲いかかるかと思われた、そのときだった。

『グガル……』

不意にドゥルガの身体がよろめいた。呼吸も苦しそうに荒くなっている。

「ちっ……化け物め。ようやく毒が効いてきやがったか」

ナタが忌々しげに吐き捨てた。

反乱軍が射かけていたのは毒矢だったのだ。

反乱軍とはいえ元はフウガの配下であり、ドゥルガの戦闘力の高さは理解していた。そ

れこそ万全の状態だったらナタですら止めるのは難しかっただろう。

だから最初から毒矢で弱らせる計画だったのだ。

これならば仮に突破されても、フウガの足になることはできないだろう、と。

「いまだ！　囲んで討ち取れ！」

兵士たちがいまがチャンスとばかりに得物を持ってフウガに接近する。

『！……ガルルア！』

「ぐはっ!!」

それをドゥルガは尻尾の一振りだけで薙ぎ払う。

毒で弱りながらも、まだ兵士たちを蹴散らす力は残っていたようだ。

「野郎……」

ナタが斧を構える。それを見たドゥルガは、

『……』

ナタを一瞥《いちべつ》してから踵《きびす》を返した。フラフラとした足取りながらも、道を阻もうとする兵士たちを蹴散らし、その場を走り去っていく。

兵士たちはドゥルガを追おうとしたが、ナタは「やめとけ」と止めた。

「もはやフウガのとこに行く力もあるまい。毒が効いている以上、野垂れ死ぬだけだ。アイツに構っていたら大魚を逃すことになるぜ？」

反乱軍のメインターゲットはあくまでもフウガだ。

そのことを思い出した将兵たちは頷《うなず》き、戦闘が続く城内へ向かうのだった。

◇◇◇

――同時刻。大虎城の正門付近。

大虎城の玄関口であるこの正門付近では、【虎の知謀】ハシムと【虎の旗】ガテンがわずかな手勢と共に反乱軍の侵入を防いでいた。

ガテンが愛用の鉄鞭《てつべん》で群がる兵士たちを次々と貫いていけば、ハシムも剣を振るって敵を斬り裂いていく。強者二人と忠誠心厚い近衛兵《このえへい》に守られている門を反乱軍は突破することができないでいた。

「ハッハッハ！　私は、裏切るとしたら貴殿だと思っていたよ、ハシム殿」

敵を倒しながら愉快そうにガテンが言った。

返り血にまみれ、足下には返り討ちにした兵士たちの死体が転がっているにもかかわらず、まるで宴会の席での笑い話のように語るガテン。

そんなガテンにハシムはフッと冷たく笑った。

「フウガ様が健在のいま、このときに背いたとてうま味はない。運良くフウガ様を討ち取ったとして、待っているのはシュウキン殿のような忠臣との泥沼の後継者争いだ。まったくもって不毛だ」

「う、うん?」

「私が権力を掌握するなら次代……私の甥《おい》でもあるスイガが即位したときでいい。フウガ様は北に行きたがっていたから、国とスイガは自分が責任を持って預かると言えば、相応の権限ももらえそうだ。ムツミもフウガ様についていくだろうしな。そうなれば正当性を確保しながら、私は思うままに国家を運営することができる。いま背くよりもこっちのほうがはるかに楽だろう」

敵兵を斬り伏せながら淡々と権力掌握までの道筋を説明するハシムに、ガテンは、

「おー怖っ。貴殿なら本当にやりかねんし」

……とドン引きしていた。そしてまだまだ群がる敵兵を見ながら口を開く。

「しかし、こうも敵が多いと我々も覚悟を決めなければならないようだ。ハシム殿は向こうにつかなくていいのかい? 主君のために殉じるってキャラでもないでしょう?」

「……あの狂信者の政権などに興味はない」

ハシムはここにはいないクレーエを鼻で笑うように言った。

「あの狂信者は乱世の継続を望んでいるようだが、すでに人々の興味は北の大陸へと移っている。フウガ様がそうであるようにな。この大国を維持し、世界に覇を唱えるにはフウガ様のカリスマ性が不可欠。そのフウガ様がやる気をなくしたのだから、乱世を継続できるような出目はすでに失われているのだよ。それにも気付かず……いや気付いていてなお、

夢の残り香にすがるなど哀れなことだ」

「ハッハッハ。辛辣ですなぁ」

「それに……ここで主君のために殉じるのも悪くはあるまいよ」

ハシムはまるで策士として最高の悪巧みを思いついたかのように、口を三日月の形にしながら笑った。見る者を戦慄させるような邪悪な笑みだった。

「人は結果だけで物事を見るものだ。それが後世の者であるならば尚更《なおさら》な。我が人生の中でどのような悪逆非道なことを行ったとしても、最後に主君に対して忠義を示せば、人々は私が〝忠臣〟であることを否定しづらくなるだろう」

「えー……貴殿が忠臣になるんですか？」

ハシムの人となりを知るガテンは心底納得できないといった顔をしていた。

大虎帝国の忠臣と言えばシュウキンやガイフクであり、さっきまで淡々と権力掌握方法を語っていたハシムが忠臣と呼ばれるのは腑《ふ》に落ちなかったようだ。

そんなガテンの表情を見て、ハシムはさらに愉快そうに言った。

「後世の人々とはそういうものだ。書物に残された記録でしかこの時代を知る術《すべ》はない。だから世界を二分する大戦を指揮し、最後は主君のために殉じるなら、ハシム・チマの名は……チマ家の名は、英雄の記録と共に長く歴史と人々の記憶に刻まれるだろう。それこそが父マシューから引き継いだ本懐でもある」

「そこは普通、家を残したいとか思うはずなんじゃ？」

「家名はイチハなりが継げばいい」

「……まったく。クレーエたちのことを言えませんなぁ。貴殿の価値観も、十二分に変わっていると思いますよ」

ガテンは呆《あき》れた顔をしながらも、群がる敵を倒していった。

◇　◇　◇

そうして各地で配下が奮戦していた頃。

ムツミの部屋ではカセンがフウガに脱出を促していた。

「ことここに至っては脱出するよりほかありません！　いまガイフク殿が守る裏門に残った騎兵を集めて脱出する手筈《てはず》を整えています！　なんとかこの窮地を脱し、西にいるシュウキン殿やロンバルト殿の軍と合流すれば巻き返すこともできるでしょう！」

「……だが、そのことはクレーエも理解しているだろう。おそらく西には兵も伏せてあるだろうし、壮絶な追撃もかかるだろう」

腕組みをしながらカセンの話を聞いていたフウガは、ムツミと彼女が抱くスイガを見た。そんなフウガの視線を受けて、ムツミは彼の心情を察したようだ。

そして泣き疲れたのかウトウトしているスイガを見ると、一度ギュッと抱きしめてから、覚悟を決めたように立ち上がった。そして、

「カセン殿」

「スイガのことをお願いします。どうか、フリードニア王国のユリガさんのもとへ」

「は、はい」

そう言ってスイガをカセンに差し出したのだった。

いきなりの行動にカセンは目を丸くした。

「えっ、シュウキン殿のところではなく、フリードニア王国へですか？」

「はい。激しい追撃が予想される西への道にスイガを連れていくことはできません。カセン殿は南へ脱出し、フリードニア王国に保護を求めてください。ユリガさんやイチハならばスイガのことを守ってくださるはずです」

「俺は、お前にもフリードニアに脱出するよう言うつもりだったんだがなぁ」

ムツミの言葉を聞いていたフウガが呟《つぶや》いた。

しかしムツミは穏やかな表情で首を横に振った。

「私は、最後まで貴方《あなた》と共に進むと決めています。死ぬのも生きるのも一緒です」

「……スイガと今生の別れになるかもしれないぞ？」

「母として失格かもしれません。ですが……貴方を一人逝かせたことを後悔しながら日々を生きるなど……私には耐えられません」

「……そうか」

ムツミの覚悟を感じとったフウガは決意する。

そして机にあった羽根ペンで紙にサラサラとなにかを書きはじめた。

しばらくして書き終えると、その紙を折りたたんでカセンに渡した。

「カセン、スイガと共にこれをソーマに渡してくれ」

「いえ、フウガ様……ですが……」

いきなり若君と手紙を渡されて困惑している様子のカセン。

そんなカセンにフウガは鋭い目をして告げた。

「これは命令だ。お前はなんとしても脱出し、スイガをユリガのもとに届けよ」

「っ！　はい！」

命令、と言われてカセンの背筋が伸びた。

カセンは「失礼します！」と弾《はじ》かれたようにスイガを懐に抱えて走り去る。

そんな彼の背中を見送ったあとで、フウガはムツミに言った。

「……本当に良かったのか？」

「はい。家族の時間はこの一年で十分に味わうことができました。あとはもう、貴方の行く道に付き合うだけです。たとえそれが北の大地であろうと、地獄であろうと」

「カッカッカ……その二択なら、北の大地がいいな」

フウガは小さく笑いながら言った。

「もし生き延びることができたら、北の大地で冒険者でもやるか」

「良いですね。こっそり帰ってきてスイガに会うこともできそうです」

「まあ表舞台に出なければ、スイガはソーマとユリガが保護してくれるだろうしな。時代に翻弄されないような場所で、気ままに暮らすのも悪くはなかろう」

そう言って笑ったフウガは、不意にムツミに背を向けた。

ムツミがどうしたのだろうと見ていると、フウガは自分の残った片翼を親指でクイッと指し示した。

「ムツミ、俺のもう一つの翼を斬り落としてくれ」

「えっ？」

「片翼だと目立つ。脱出するときに邪魔だ」

「…………」

まだフウガは生を諦めていない。その覚悟を感じとったムツミは、なにも言わずに愛用の剣を構えると、一息にその翼を斬り落とした。

ドサッと落下するフウガの翼。

背中からは血が流れていたが、英傑であるフウガは声も上げず顔を歪《ゆが》めることもなかった。そして淡々と血止めを済ませると、ムツミに向かって手を差し出した。

「さあ……行こうか、ムツミ」

「はい！」

◇　◇　◇

カセンは赤子を抱えながら走った。

ガイフクが守り残存戦力を集めている裏門は敵に警戒されているため、敢《あ》えて激しい攻撃が行われているであろう正門へと向かう。

苛烈な攻撃が行われているからこそ、一人と赤子が紛れて脱出する隙もあると思われたからだ。そして正門に辿《たど》り着いたとき、戦っているガテンと出くわした。

「ガテン殿！」

「っ！　カセンくんか！」

カセンに気付いたガテンはその懐に赤子が抱かれているのを見ると、すべてを察した。

フウガに報告に行ったカセンが赤子を抱えてやってきたのを見れば……どのような話し合いが行われたのか察することは容易だった。

するとガテンはそれまでのような守る戦いを捨てて敵軍へと斬り込むと、兵を率いている敵将の一人に狙いを定めた。

「どいてもらおうか！」

敵を唸《うな》る鞭《むち》で弾き飛ばしながら突き進むガテン。

そして敵将に接近し、鞭を伸ばしてその首に巻き付け地面へと引きずり下ろした。

落馬の衝撃で首の骨を折られたのか動かなくなった敵将には目もくれず、ガテンはその馬を奪うと戻ってきた。

「カセンくん！　この馬を使いたまえ！」

帰還したガテンは下馬しながらカセンに轡《くつわ》を差し出した。

「ガテン殿！……でも、ゴホッ」

主命とはいえ、仲間がまだ戦っているのに自分だけ脱出していいのかと悩むカセン。

するとガテンはカセンの腹に拳を叩《たた》き込んだ。

「ぐふっ！……な、なにをするんです!?」

「迷うな、カセンくん。キミは若君の命を預かっているのだろう」

「っ……はい」

「ならば行け。キミの使命を果たすのだ」

「……わかりました！」

カセンが頷《うなず》き、馬に跨《また》がった……そのときだった。

突如、敵兵の向こうから飛来した槍《やり》がそんなカセンを貫こうと迫っていた。

一向に突破できないことに苛立《いらだ》ち、誰かが槍を投擲《とうてき》したのだろう。

そんな不意を突いた一撃に、いち早く気付いたガテンは跳び上がった。

そして自分の胸で槍の矛先を受け止めた。

「ぐっ」

「ガテン殿！」

胸に槍を受けながら落下したガテンは叫んだ。

「行け……行け、カセン！」

「ぐっ……」

最後の力を振り絞るように叫んだガテン。

その声を聞き、カセンは湧き出す感情を振り払うようにして馬を走らせた。

そして弓矢を放ちながら敵中を突破していく。

そんな去りゆくカセンの背中を見ながら、ガテンは力なく呟いた。

「ハハハ……生き抜けよ、カセンくん。キミの思い人によろしく……」

「貴殿は、こんなときにまで格好をつけるのだな」

いつの間にか傍《そば》にいたハシムにそう声を掛けられ、ガテンは微笑《ほほえ》んだ。

「……よく言われる」

その少しあと、正門の守備兵は全滅し敵の波に呑《の》まれていった。

ハシムとガテンはこの正門前の戦いにて歴史に残る奮戦を示し戦死する。

世に【虎の知謀】と称されしハシム・チマ。

その知謀でもって英雄フウガの躍進を支えた参謀。

父を裏切るなど悪逆な面があったとして梟雄《きようゆう》として名を馳《は》せているが、本人の目論見《もくろみ》通り、この奮戦を評価され、後世では「実は忠臣だったのでは？」という擁護意見が絶えることはなかったという。

後に『大虎城の変』と呼ばれるこの事件。

フウガとムツミは裏門に集めた騎兵たちと共に西へ向かって脱出したが、それらの残存兵はクレーエ軍の執拗《しつよう》な追撃に遭って全滅状態となった。

正門を守っていたハシムとガテンは討ち死にし、【虎の盾】ガイフクもフウガたちが脱出する時間を稼ぐために奮戦し、討ち死にした。

脱出したあとのフウガとムツミは生死不明となる。

追撃は苛烈を極めたため、残された死体の損傷は激しかった。

また谷に落ちたり、川に流されたりした者も多いため、脱出した者たちがどこの誰で、どこで死んだのかを判別できなかったのだ。

唯一ハッキリとわかった亡骸《なきがら》は巨大な虎だ。

真っ先に攻撃を受けたドゥルガだったが、満身創痍《まんしんそうい》であったにもかかわらずフウガと合流して行動を共にしていたらしい。

その死体の傍に転がっていた〝腕〟をフウガのものとする意見もあったが、確たる証拠はなかった。クレーエはドゥルガの亡骸を根拠とし、世界にフウガの死を伝えた。

もっとも死体の判別が不可能であったことからフウガ生存説はその後度々流れるが、この後の歴史にフウガ・ハーンの名が登場することはなかった。

第九章　凶報

――フリードニア王国。パルナム城。

フウガとの戦いが終わって一年くらいが経過した。

フリードニア王国や海洋同盟の諸国は戦いの傷も癒えて（人の心の傷はまた別だとしても）平穏の中にあった。

フウガの野望も潰《つい》えたいま、各国は内政面の強化に努め、外交と流通網の整備によって結び付きを強めながら、北半球調査の先遣部隊がもたらす情報を整理していた。

北半球の調査は現時点ではシーディアンたちの都市ハールガを起点に行っているが、向こうに拠点を確保できればさらに多くの人員を送り込むことができるだろう。

各国間の衝突がほぼなくなっているいま、冒険者や傭兵《ようへい》といった、野心ある者、スリルを求める者、戦う場を失った者などが増えている。

彼らを北の新天地に送り出せれば、ようやく南の世界も穏やかになるはずだ。

ともかく、この一年は各国が『魔虫症』の対応に追われて身動きがとれなかった時期以上に平穏な日々だったと言えるだろう。

フリードニア王国でもその平穏を享受していた。

取り組むべき問題と言ったら北半球のことで、それは長期的に取り組まなければならない問題だ。すぐに動かねばならないこともない。

この国に来て、そんなに忙しくないと思える時間を持てたのは初めてだろう。

その成果がまあ……隣に寝ている〝彼女〟なわけで。

「どうかしましたか？」

同じベッドに寝間着姿で横たわっているマリアがこっちを見ていた。

俺はゴロンと仰向《あおむ》けになると、頭の下に手を置きながら「いや～」と口元を緩めた。

「こうやってのんびりできるって、良いなぁってさ」

「フフフ。そうですね。私も、こんなにノンビリしたのは初めてです」

マリアがクスクスと笑いながら言った。

「そりゃあマリアはこの国に来てからも、ずっと飛び回ってたからなぁ。女皇のときから働きづめだったみたいだし……もしかして仕事中毒だったりする？」

「ソーマさんがそれを言います？　いまも遅くまで仕事する日もあるでしょう？」

「俺はやらないですむならやりたくない」

「そうですね。女皇のときは同じように思っていました。でも、いまの仕事は楽しいのでもう少ししたら復帰したいと思っています。……半年くらい休んでしまってますし」

この国に来てからマリアは念願だった慈善事業に精を出していた。

それは俺と結婚して妃《きさき》の一人に加わったあとも変わらず、ナデンを言いくるめてその背に乗り、王国中を飛び回って弱い立場に置かれた人々を救済する活動をしている。

そんなマリアを国民たちは「フリードニアの天使」と呼んで敬愛しているのだが……そんなマリアもこの半年ほどの間は王城に留《とど》まっていた。

それはひとえに、俺とマリアの間にいる〝彼女〟のためだった。

「ステラがもう少し落ち着いたら、ね」

マリアが微笑みながら隣で眠る我が子の生えそろい始めた髪を撫《な》でた。

ステラ・ユーフォリア。

俺とマリアの間に生まれた娘だ。マリアは妊娠中も王国内を飛び回っていたけど、さすがにお腹が大きくなって動きづらくなってからは王城に留まっていた。

そして出産し、生後間もない我が子を見守っていまに至るというわけだ。

するとマリアは俺の顔を見て微笑んだ。

「もちろん、数年はちゃんと日帰りで戻ってくるつもりです。もしステラが一日でも私の顔を見忘れてしまったら、他のお妃様を本当のママだと思ってしまうかも」

「ああ……うちだと、たしかにその心配はあるよな」

我が家の妃たちは仲が良い。

みんなそれぞれの分野で仕事を持っているため、妃の誰かが手が離せないときは、手の空いている他の妃がカルラなどの侍従《メイド》たちと一緒に面倒を見ている。

俺も仕事がないときなんかは加わるけど、そういった時間はなかなかとれないのが悲しいところだ。保育室で子供と一緒に遊んでいたら、リーシアやイチハやトモエちゃんに政務室に連れ戻されるしなぁ……。

そのせいで我が家では誰が母で、誰が子かは曖昧になっている。

子供ができにくいアイーシャやナデンも子供たちを猫かわいがりしているし、ユリガも後学のためにとその輪に加わっている。

妃全員引っくるめてお母さんで、子供たちは全員の子供という感じだ。

後宮や大奥ってもっとドロドロとしたイメージだけど、みんな権力争いより自分のしたい仕事ができているいまが楽しい、って感じだしな。めっちゃ助かるけども。

俺も眠っているステラのお腹《なか》のあたりを撫でた。

「まあ、マリアのしたいようにすればいいよ。俺たちはいつでも協力するし」

「フフフ。でも……やっぱり一緒にいられるときは一緒にいたいですね。ジャンヌがこの子を養子にほしいって言ってますし、いつか巣立っていくその日まで……」

「いまはジャンヌも妊娠中だろう？　ハクヤたちも気が早いなぁ」

ユーフォリア王国にいるハクヤとジャンヌの夫婦も子宝に恵まれたようだ。

ただ超科学《オーバー・サイエンス》の遺物への対処なども考え、旧人類である俺の血筋を一人は確保したいらしく、マリアとの子供を養子にほしいという打診は受けている。

もちろん成人後の話にはなるだろうし、そのときはいまと状況が変わっているかもしれないから確定ではないけど。

だからこそ、なるべくゆっくり大きくなってほしいものだ。

そんなことを思っていたときだった。

『……！』

『……!!』

不意に部屋の外が騒がしくなった。

扉の向こうにはアイーシャが護衛に立っているようだけど、なにかあったのだろうか。

俺とマリアは目配せすると、ステラを起こさないようにそっとベッドから下りて扉の傍に向かった。寒くないようマリアはカーディガンを羽織っている。

『……トラ殿！　いま陛下はお休みになっております』

『緊急の事態が発生した。すぐに陛下にお目通りを……』

扉前で言い争っているのはアイーシャと……カゲトラか？

俺とマリアは身支度を簡単に調えてから扉を開けて外に出ると、ステラを起こさないようにそっと後ろ手で扉を閉めた。

「なにかあったのか？」

そう尋ねると、カゲトラは手を前で組みながら拝礼した。

「ハッ。至急、陛下のお耳に入れねばならない事態が発生しました」

こんな夜遅くに、黒猫部隊の隊長カゲトラが自ら訪ねてきて報告するとは。

そのことに嫌な予感を覚えながらも「話してくれ」と言うと、カゲトラは声をひそめるようにして言った。

「大虎帝国内で謀反が起きました。フウガ・ハーンが生死不明の模様」

「……は？」

最初、カゲトラがなにを言っているのかわからなかった。

謀反？　フウガが生死不明？

生死不明って……生きているか死んでいるかわからないってことだろ？

あの北に広がる大帝国の主が？

本能寺の変？　誰がブルータス？

そもそもハシムあたりが仕組んだなにかの策略じゃないのか？

もしくはなにかの誤報なんじゃ？

頭が理解を拒んでいるのか、考えがまとまらず、ただ思い浮かぶ言葉に支配される。足下がフワフワとしていて落ち着かない。

全身に鳥肌が立つ。そんな俺にカゲトラは事態を説明し続けていた。

「大虎帝国内で諜報《ちょうほう》活動にあたっていた者の報告では……」

曰《いわ》く、大虎帝国内で諜報活動にあたっていた黒猫部隊がハーン大虎城に火の手が上がっているのを察知し、謀反があったことを王城に報告してきた。

大虎帝国内では反乱が頻発しているため、反乱側の情報収集に気を取られすぎて、それを鎮圧する側への警戒が薄かったことで事前の察知ができなかったとのこと。

同時刻、べつの黒猫部隊が敵に追われながら南に向かって単騎逃走中の騎兵を発見。接触し保護したところそれがフウガの配下の一人カセン・シュリであり、彼の口から謀反の首謀者はクレーエであると語られたこと。

また彼が生後一年にも満たない乳児を抱えながら逃走していたこと。

その乳児はおそらく……。

「クレーエ。貴方《あなた》はまだ自身の幻想に……」

マリアの呟《つぶや》きに我に返る。

見ればマリアが悔しそうに顔を歪《ゆが》めていた。

少し冷静になると、これから起こることへの不安が鎌首をもたげてくる。

フウガは本当に死んだのか？

それともどこかで生きているのか？

死んでいたとしたら、大虎帝国は割れるだろう。

こんな突発的な謀反で下剋上《げこくじょう》を果たしたとしても、フウガを支持していた配下や国民たちが納得しない。フウガ配下の誰が生き残っているかわからないけど、必ずクレーエに反発してヤツらに対抗しようとするはずだ。

大虎帝国内は内乱状態になる。

フウガに従ってきた旧ゼム領や正教皇国がどう動くかもわからない。

もし北に広がる大虎帝国の内乱が泥沼化すれば、また多くの難民を生み出し、俺が召喚された大陸暦一五四六年の混乱状態に戻される怖《おそ》れがある。

それはなんとしても避けなければならないし、なにより……。

「くそっ……ユリガに、なんて言えばいいんだよ」

俺は頭を抱えながら天井を見上げた。

いますぐにでも動かなければならない。

情報収集を行って現状をつまびらかにし、対策を講じなければならない。

海洋同盟の盟友であるクー、シャボン、ジャンヌとも情報を共有しなければならない。

ハクヤと今後の動きについてすぐにでも話し合いたい。

でも、その前に、俺はユリガが敬愛する兄フウガの死を伝えなくてはならない。

残酷な事実を告げられた彼女の前で、俺は冷静でいられるのか？

「ソーマさん」

声を掛けられて視線を下ろすと、マリアがジッとこっちを見ていた。

マリアはオロオロしていたアイーシャの腕を取り、自身のほうにグッと引き寄せた。

「ユリガさんのところへは私たちが行きます。リーシア様たちと共にユリガさんを支えますので、ソーマさんは国王として、貴方にしかできないことに注力してください」

「そ、そうです陛下！　私たちに任せてください！」

アイーシャもそう言って頷《うなず》いてくれた。……ここは頼むべきなのだろう。

「わかった。……ユリガのほうは頼む」

「「　はい　」」

「カゲトラ、いま集められる家臣たちを招集しておいてくれ。とくにユリウスとイチハはすぐに俺のもとに来るようにと。俺は放送でエクセルやハクヤと連絡をとる」

「御意」

平穏だった空気は吹き飛び、俺たちは慌てて動き出した。

放送用の宝珠のある部屋へと向かいながら、俺は一瞬だけその足を止めた。

そして夜の闇の中、室内の灯《あか》りで鏡のようになった窓に映った自分を見て、泣きそうな顔をしていることに気付く。

（フウガ……本当に……お前は、死んだのか？）

時代に愛された英雄は、移り変わる時代の中で消えていく。

数多《あまた》の英雄叙事詩の結末が悲劇的であるのと同じように。

英雄であるお前もまた、そんな運命に抗《あらが》えず……っ！

沈み、停滞しそうになる考えを頭を振ることで無理矢理振り払う。

俺は再び足を動かした。

◇　◇　◇

その後の各国の動きについて説明しよう。

まず一番大きく動いたのが大虎帝国の飛び地となっている旧ゼム領だった。

この地で国王代理となっていたフウガの配下モウメイは、クレーエの謀反とフウガの生死不明の報を知ると悲痛な慟哭《どうこく》を響かせた。

そして隠棲《いんせい》していた傭兵《ようへい》国家ゼムの最後の王ギムバールに旧ゼム領と国民の指揮権を返上し、自身は手勢のみを連れて大虎帝国へと帰還した。

モウメイは裏切り者のクレーエを討つべく挑みかかったが、モウメイの手勢は数百程度しかおらず、クレーエに与《くみ》する反乱軍に比べてはるかに少なかった。

突撃したモウメイの軍はそれでも奮戦し意地を見せたものの、最終的にはフウガに殉死するような形で全滅することになる。

一方で後事を託されたギムバールは旧ゼム領の領主たちと話し合い、この地の指揮をトルギス共和国元首クー・タイセーに一任することにした。

共和国が旧ゼム領から奪取した二都市を巧《うま》く統治していることを知っていた彼らは、旧ゼム領を共和国に帰属させることを決めたのだった。

もとより武を貴び、覇気のある君主を求めるゼムの人々は、クーのフウガにも似たカリスマ性に惹《ひ》かれたようだ。

「雪に閉ざされていた共和国の人々の心を、世界へと解き放ったその手腕。クー殿は地の利さえあればフウガ殿やソーマ殿と鎬《しのぎ》を削る英傑となっていただろう」

「ウキャ？　そいつぁ買いかぶりすぎだぜ、ギムバールのオッサン」

「いや、買いかぶりかどうかは共和国の民の顔を見ればわかる。過去の陰鬱とした雰囲気はなく、皆、明るい未来を思い描いている。どうかその手腕で、行くべき道を見失ったゼムの人々も導いてもらいたい」

「ウッキャッキャ……そうまで言われたら、頑張らねぇわけにはいかねぇよな」

ギムバールの要請を受けたクーはこの申し出を承諾。

旧ゼム領は共和国に編入され、トルギス共和国は無血でその領土を大きく広げることとなった。旧ゼム領は山岳地帯が多く豊かな土地ではなかったが、フリードニア王国で交通網の整備方法を学んだクーならば巧く治めることだろう。


旧ゼム領が大きな混乱もなく統治者を代えたその一方。

同じくフウガ派に属していたルナリア正教皇国内は酷《ひど》く混乱していた。

フウガを聖王として支持してきた勢力は、教会内部の権力闘争を勝ち抜き、粛清の嵐の中で最後まで生き残った勢力だと言えた。

その勢力が旗頭であったフウガを失ったことで権威を維持できなくなったのだ。

異端とされ弾圧されてきた者たちは息を吹き返し、復讐《ふくしゅう》のときはいまとばかりに現政権に襲いかかった。粛清の嵐が再び吹き荒れたのだ。

フウガ支持派だった多くの司教が血祭りに上げられ、聖女アンも拘束されて塔に幽閉されることになった。アンを生かしておいたのは後に彼女を断罪し、華々しく処刑することによって信徒たちに政権交代を印象づけようと考えたからだろう。

しかし最後に権威を維持していたフウガ支持派が失墜したことにより、正教皇国内にこの混乱を鎮められるような勢力はもはや存在していなかった。

殺戮《さつりく》が殺戮を呼び、誰が正統で誰が異端なのかもわからない混乱の中で、司教や信徒の区別なく多くの血が流されることになった。

そんな血みどろの権力闘争に嫌気がさしているのは、この国に住む一般市民だ。

宗教関係者ではない市民たちは、この混乱を鎮めてくれる人物を切望した。

そんな彼らが期待を寄せたのは、フリードニア王国でルナリア正教の権威を維持している『王国正教』の司教ソージ・レスターと聖女メアリだった。

王国正教は本国からは異端派として認定されているものの、歴《れっき》としたルナリア正教の一派であり、フウガに対抗したソーマの権力という後ろ盾を持っている。

また他宗教・他宗派に寛容な王国正教の姿勢は、この正教皇国内の混乱を鎮めて融和を図れるのではと期待したのだ。

これらの正教皇国民の声に、基本的にものぐさであるソージはまったく気乗りしない様子だったが、メアリは幽閉されているアンの身を案じていた。

「お願いします、猊下《げいか》！　あの子の心が完全に壊れてしまう前に、救いの手を差し伸べたいのです。あの子は……もう一人の私の姿なんです。孤独は深い闇のようなもの。誰かが手を差し伸べなければ、どんどん闇の中へと落ちてしまうんです」

「……は～。わかったよ」

メアリの必死の説得を受けて重い腰を上げることになる。

ソージはソーマに協力を要請し、ソーマはこれを了承した。

ソージは再興したカーマイン家の兵力を伴ってメアリと共に本国へと帰還する。

そして他とは一線を画す武力を背景に、

『汝《なんじ》よ、剣を置け。されば我も剣を置く』

と声明を出し、王国正教はいかなる宗派に対しても異端審問を行って弾圧するようなことはしないと示した。

このことによって「殺さねば殺されるのでは」と殺気立っていた者たちの警戒心を解いていき、この混乱を鎮めたのだった。

「アン！　しっかりして、アン」

「……………あぅ……」

塔に幽閉されていたアンはメアリによって救出された。栄養失調と脱水症状の兆候は見られたものの一命はとりとめ、解放されてその身柄はメアリが預かることとなる。

しかし、これまで心の支えにしてきたフウガの死。

それが引き金となり、心を殺して見て見ぬ振りをしてきた身の回りの殺戮や死を真正面から受け止めることになったアンは、精神的に大きな傷を負っていた。

幽閉生活から助け出されたときには廃人同然の状態になっていたという。

「ウアッ……アアアアア！」

「アン！　大丈夫、大丈夫だから！」

突如、悪夢に襲われたかのように叫び出すアンを、メアリが献身的に介抱していた。

彼女の心の傷が完全に癒える日が来るのかはわからないが、今後のルナリア正教会はソージを中心に緩やかに変化していくことだろう。


そして混迷の中心地であるハーン大虎帝国。いま帝国は三つの勢力に分かれていた。

まずはフウガを討ったクレーエを中心とする勢力『クレーエ軍』。

フウガの拡張路線の継承を唱え、いまだ大虎帝国はランディア大陸で最大最強の国家であるという幻想に囚《とら》われた者たちを引きつけた彼らに、フウガに恨みを持っていた反乱軍や平和な時代の到来を歓迎できない傭兵などが加わって大きな勢力となっていた。

一方、フウガの仇《あだ》を討つべくクレーエ軍に抵抗しているのが『抵抗軍』だ。

まず捕虜交換によって大虎帝国に復帰していたロンバルト・レムスとその妻ヨミが旧フラクト連邦共和国内にある城に籠もって抵抗の意志を示した。

そして反乱鎮圧に派遣されていたシュウキンや内政官のルミエールなどが大虎帝国の西側に集結し、クレーエを討つべく軍を集めていた。

ロンバルトたちが粘って時間を稼いでいる間に、シュウキンたちが反抗の準備を整えてクレーエ派を討つという計画なのだろう。

ただ様々な思惑から兵力を集められるクレーエ軍に対して、抵抗軍はすでにいないフウガへの忠義とクレーエへの怒りにより集まった者たちなので、戦意は高いものの兵数では圧倒的に不利だった。

そして第三の勢力。

大虎帝国内で圧倒的に多いのは『日和見派』だった。

中立というよりも動くに動けないといった者たちが帝国の大多数を占めていた。

フウガのいなくなった帝国を誰が牽引《けんいん》できるのかわからず、一先《ひとま》ず、クレーエ軍と抵抗軍の戦いの推移を見守ろうという者たちだ。

これまでフウガというカリスマに従うことで勢力を伸ばしてきた大虎帝国の者たちは、自分の意志で未来を選択するということを長らく放棄していたのだ。

この日和見派の多さが抵抗軍の兵や物資の調達を困難にし、形はどうであれ自らの意志を示すクレーエ軍を勢いづける形になっていた。

シュウキンはエルル姫を通じてガーラン精霊王国に、ルミエールは恥も外聞も捨ててユーフォリア王国のジャンヌにかつての非礼を詫《わ》びつつ支援を要請しているようだ。

――そして現在。大虎帝国の混迷が深まってきた頃。

パルナム城に大虎帝国の将カセンとフウガの遺児スイガが到着したとの報せ《しら》を受け、俺はリーシア、ユリガ、イチハと共に謁見の間で二人を出迎えた。

玉座に就く俺の横に立つユリガをチラッと横目で見る。

あの日、俺は対応に追われて見てはいないが、マリアからフウガが生死不明になったことを聞いたユリガは気を失うでも泣くでもなく、ただ信じなかった。

『あのお兄様が家臣の謀反ごときで死ぬはずありません。もし誤報でないとするなら……面倒くさくなったから誰かに帝位を押し付けようと、死んだことにして雲隠れしただけです。……きっとそう』

ユリガはそう言うと、心配するリーシアたちの前で気丈に立っていたそうだ。

いざスイガと対面するこのときも、ユリガは緊張した様子はあっても憤りや悲しみの表情は見せていなかった。……虚勢だとしても、立派だと思う。

そんな彼女を心の片隅で気遣いながら、俺は口を開いた。

「よく来てくれた、カセン殿」

「はい。この度は……若と自分を受け入れていただき、ありがとうございます」

声を掛けると、膝を突いたカセンが深々と頭を下げた。

ユリガと同じ天人族の若武者だ。

何度か見かけたことはあるが、若いながら大虎帝国でも屈指の勇将らしい。

そしてその懐には赤ん坊が抱かれている。赤ん坊を抱えながら敵中突破してくるとか、まるで長坂《ちょうはん》の戦いでの趙雲《ちょううん》の逸話のようだった。

いずれはかの英傑にも劣らないような勇将になるかもしれない。

「その子が、フウガ殿とムツミ殿の？」

「はい。スイガ様です。若をユリガ様に託すべく、こうしてはせ参じました」

「……ソーマさん」

ユリガがなにかを訴えるような目をしながら声を掛けてきた。

その目を見て、彼女の胸中を察した俺はコクリと頷《うなず》いた。するとユリガはカセンのもとへと駆け寄った。そしてカセンの前で膝を突くと、目線を合わせながら尋ねた。

「……カセン殿。お兄様は本当に死んだのですか？」

「……申し訳ありません、ユリガ様。自分は若を託され、一足早く脱出したため、フウガ様に最後までお供することができませんでした。自分たちを逃がすため、ガテン殿が身を挺《てい》して自分をかばってくれたのは見たのですが……」

悔やむように言うカセン。

ユリガはそんな彼の肩に手を置き、首を横に振った。

「貴方《あなた》は必死に頑張ってくれました。だからこそ、この子の命を救えた。お兄様がここにいたら……立派に役目を果たしたと貴方を褒めてくれると思います」

「ユリガ様……」

「その子を、抱いてもいいですか？」

「はっ。どうぞ」

ユリガはカセンからスイガを受け取ると、腕の中に抱きしめた。

妃《きさき》の一人としてたまにステラの面倒を見てくれていたからか、一歳に満たない赤ん坊であってもしっかりとあやすことができている。

フウガとムツミの遺児を抱くユリガの姿を見て、その場にいた全員が胸にこみ上げてくるものを感じていた。

するとカセンは懐からなにやら紙を取り出すと、ユリガに差し出した。

「これをソーマ王に。フウガ様からの言伝《ことづて》です」

「お兄様からの？」

ユリガは受け取ると、スイガを抱えたままこっちに戻ってきた。

俺はユリガが差し出した紙を受け取る。

そこには走り書きでこのようなメッセージが書かれていた。

『ソーマとユリガへ。国とスイガを頼む。もしスイガを大事に扱ってくれるなら、俺が世に出ることは二度とないだろう。たとえ生きていようと、死んでいようと』

「フウガらしいっちゃらしいな……」

最後まで手前勝手というか、良くも悪くも自分の生き様を貫いているって感じがする。生きているのに面倒くさいから死んだことにしてすべてを俺たちに押し付けたんじゃないか……なんて考えが浮かんでくるくらい、悲壮感もなにもないメッセージだった。

俺が顔をしかめていると、

「貴方はこれからどうするのですか？　カセン殿」

隣に立ったリーシアがカセンに尋ねていた。カセンの目つきが鋭くなる。

「逆臣クレーエを討ちます。シュウキン殿などが健在ですから、必ずクレーエを討つため立ち上がるでしょう。そこに合流しようと思います」

「たしかに、シュウキン殿とルミエール殿などが帝国の西部に集結中との報告がありま す」

そう言ってリーシアが俺のほうを見た。俺も頷く。

「カセン殿。このパルナム城からユーフォリア王国の首都ヴァロワまで、ノートゥン竜騎士王国の定期便が出ている。人員輸送用のゴンドラもあるからそれに乗っていき、ヴァロワから北へ向かったほうが速いし安全だろう。許可は出すので利用してくれ」

「なんと！　ありがとうございます！」

カセンは何度も感謝の言葉を口にしながら、謁見の間から去っていった。

残された俺たちはユリガの腕に抱かれたスイガを見た。

「さて、この子をどうするかだけど……」

「私の子供です」

俺が言い終わる前に、ユリガはスイガを守るように背を向けた。

「私の子供として育てます！　だから、どうか命だけは！」

「落ち着いてユリガ。その子に危害を加えるつもりなんてないわ」

リーシアが歩み寄り、ユリガの肩をそっと抱いた。

するとそれまで黙っていたイチハが、額に手を当てながら小さく溜息《ためいき》を吐《つ》いた。

「宰相代理としては、この子を生かしておくことの危険性を説かなければいけないのでしょうけど……僕には無理です。だってこの子はムツミ姉さんの子供なんですから」

そうか。スイガはユリガの甥《おい》であると同時にイチハの甥でもあるんだよな。

「ハクヤ先生なら……生かしておくべきでない、と言ったかもしれませんが」

「言うかもしれないけど、それはきっと言葉だけだろう。ユリガを悲しませまいと、俺やリーシアが庇《かば》うとわかっているからこそ、あえて苦言を呈するだけだ」

「……そうですね」

俺たちが苦笑していると、リーシアがポンとユリガの肩を叩《たた》いた。

「貴女《あなた》一人で抱えることはないわ。貴女には沢山の家族がいて、子育て経験豊富な私たちがついてるんだから、肩肘張らずに先輩お母さんを頼って、ね？」

「リーシア様……うう、はい！」

ユリガは目元を拭いながら元気よく返事をした。

そんなユリガの様子に満足したように頷いたリーシアがこっちを見た。

「それでソーマ。私たちはどうするの？　帝国内の問題には不干渉？」

そう尋ねられて、俺は「……いいや」と首を横に振った。

「ハクヤとも話したんだけど、北が混迷すると魔王領があった頃の混乱期に逆戻りになりかねない。帝国内で内乱が続けば新たな難民が生まれるかもしれないしな。そうなれば俺たちの国への影響も避けられない。北を混迷させることなく、素早く事態の沈静化を図る必要がある」

「それって、つまり？」

「クレーエの軍を叩き潰す。徹底的にな」

カリスマを失ったハーン大虎帝国は遠くないうちに分裂するだろう。

だけど後継者戦争《ディアドコイ》なんて起こさせない。

他国の問題に介入する形になるが、スイガの存在と、俺に残した国を任せるというフウガのメッセージが大義名分となる。

俺たちはシュウキンたち抵抗軍と結び、全力をもってクレーエを叩き潰す。

混迷の時代に巻き戻すような真似《まね》をさせてたまるか。

（……クレーエめ、覚悟して待ってろ）

俺の家族を泣かせた報いは受けてもらう。

第十章　時代の幕引き

――大虎城の変から一ヶ月が経過した頃。

フウガに不満を持っていた者たち、大陸で最大最強国家であるという自負を捨てられない者たち、野心ある者たちなどを吸収して膨れ上がったクレーエ軍五万が、ロンバルトとヨミの籠もる城を攻撃していた。

城には二、三千程度しか守備兵がいなかったが、それでもロンバルトとヨミは奮戦してクレーエ軍の猛攻に耐え続けていた。

しかし多勢に無勢であるためロンバルトたちは徐々に押し込まれていた。

城も陥落間近に思われたのだが、そこにユーフォリア王国の支援を受けたシュウキン、カセン、ルミエールたち抵抗軍の援軍二万が到着した。

戦力ではまだクレーエ軍が圧倒的に優位ではあったが、知勇兼備の将シュウキンは片手間に相手ができる存在ではないため、クレーエ軍は城攻めを中断した。

先にシュウキンたちの軍を迎え撃つことにしたようだ。

迎撃態勢を整えるクレーエ軍に対して、シュウキンたちは寡兵であるが故に簡単に攻めかかるわけにはいかなかった。

ロンバルトたちを失えば抵抗軍の勢いは失われ、さらなる離反も起きる懸念があることから、なんとか早急に城を解放したかったのだが、うかつに攻めれば返り討ちに遭う怖《おそ》れがあるため、なかなか決戦場となる平野部に入っていけなかったのだ。

シュウキンは厳しい表情でロンバルトたちの籠もる城を見つめた。

「時間は……我々の味方ではある。だが、どうにも歯痒《はがゆ》いな」

「……そうですね。苦しくとも、いまは待つしかないでしょう」

シュウキンとルミエールは連絡のとれないロンバルトたちが早まった真似をしないよう願いながら、ジッとチャンスを待っていた。

一方、クレーエ軍は、遠巻きに見ているだけで戦う気があるのか怪しい抵抗軍の態度に苛立《いらだ》ちを覚えていた。

抵抗軍の援軍が到着したときは夕刻近くであり、やがて夜になった。

クレーエ軍はシュウキンたちによる夜襲、あるいはロンバルトたちの夜陰に紛れての脱出を警戒しながら一夜を過ごすことになった。

そして夜が明け、業を煮やしたクレーエがシュウキンたちを誘引する目的で城攻めを再開しようとした、そのときだった。

「報告！　フリードニア王国軍が大虎帝国内に侵入！　その数、凡《およ》そ十万！　この戦場に向けて西進している模様！」

クレーエ軍の本陣に伝令兵が駆け込んできて声を張り上げた。

その報告を聞いたクレーエ軍の武将たちはざわついた。

「フリードニア王国だと!?　ソーマ王が攻めてきたのか!?」

「これまで他国に干渉しようとしなかった鈍亀が、なぜこんなに早く!?」

「まさかフウガ・ハーン亡きいま、大虎帝国を我が物にせんと動き出したのか!?」

様々な憶測が飛び交う中、比較的冷静だった人物が伝令兵に尋ねた。

「そもそも総兵力が四十万以上の大虎帝国内を十万の王国軍がなぜ西進できているのだ？　日和見している者が多いとはいえ、各地の領主たちの抵抗は受けるはずだろう？」

フリードニア王国から旧フラクト連邦共和国のこの城まではかなりの距離がある。

クレーエ軍や抵抗軍とは違い、王国軍は大虎帝国民にとっては外国の軍隊だ。

その王国軍の素通りを許す領主は少ないだろうし、補給線の確保も難しくなる。

いくらライノサウルス・トレインなど大規模輸送の技術を確立している王国軍であったとしてもだ。しかし伝令兵は首を横に振った。

「王国軍にはユリガ・ハーンが従軍しており、彼女が各地の領主に対して声明を出し、通過を阻むことがないよう要請したようです！」

ユリガは進軍経路にいる領主たちに対して、

『フリードニア王国にてフウガ・ハーンの遺児スイガを保護している』

『私、ユリガがスイガに代わって逆賊のクレーエを討つ』

『これはクレーエ公に対しての復仇戦《ふっきゅうせん》である』

『我が夫ソーマに領土的な野心は一切ない』

……と、これらのことを明言し、通行を妨げないよう説得したのだ。

フウガの仇《あだ》であるクレーエを、フウガの妹ユリガが討とうとしている。

そのため嫁ぎ先であるフリードニア王国軍を引き連れてきた。

そう明言して進軍すれば、抵抗軍側の領主たちは諸手《もろて》を挙げて歓迎するだろう。

ともすればフリードニア王国の参戦によって抵抗軍が圧倒的有利になると判断して、抵抗軍側に合流することも考えられた。

一方でクレーエよりの領主にしても、下手に進軍を阻んだ結果十万もの兵で攻めかかられたらたまったものではないので、フリードニア王国軍の素通りを許すことになる。

もちろんそれは圧倒的に多い日和見派も同じだった。

ソーマが連れてきた十万という兵数も絶妙だった。

リーシアやエクセルなどは国の守りに残したが、それでも精鋭揃《ぞろ》いである。

クレーエ軍を打倒するのには十分だが、大虎帝国内の領地を切り取っていくには心許《こころもと》ない数字であることで、領土的な野心のなさを印象づけているのだろう。

「くそっ、援軍到着前に城さえ落とせていれば……」

誰かが吐き捨てるように言った。

クレーエ軍に勝機があったとすれば、まずロンバルトたちが籠もる城を無理矢理にでも陥落させて、やってきたシュウキンたちの援軍を撃破する。

　そうして抵抗する勢力がいなくなれば日和見派の心もクレーエ軍に傾き、王国軍も十万程度の兵数では順調な進軍はできなかっただろう。

　しかし、そんな想像は絵に描いた餅でしかない。なぜなら……。

「……シュウキン殿たちは、王国軍の到来を知っていたのでしょうね」

　黙って話を聞いていたクレーエの呟《つぶや》きに、その場にいた全員が彼のほうを見た。

「ロンバルト殿たちを救わねばならないはずなのに、シュウキン殿たちは積極的な動きを見せなかった。寡兵であったということもあるが、王国軍が援軍としてやってくるのを待っていたのでしょうね。おそらく事前の打ち合わせがあったのでしょう」

「な、ならばどうすれば良いのでしょうか？」

　焦った様子を見せないクレーエに、居ても立ってもいられなくなった将が尋ねた。

　するとクレーエは薄《うっす》らと笑みを浮かべながら言った。

「城の包囲を解き、少し兵を下げてまとめて迎え撃つしかないでしょうね」

「そ、そんな！　王国軍と抵抗軍が合流すれば、こちらの三倍近い兵力になるのですよ!?」

「だからなんだと言うのです？」

　焦った声を出す将の一人に、クレーエは冷静な顔で告げた。

「我らは古今最強無敵と恐れられたあのフウガ・ハーンを討ったのです。敵の中にフウガ様より怖ろしく、また強い者はいるでしょうか？」

「「「………」」」

「ソーマ？　シュウキン殿？　彼らがフウガ様に及ぶわけがないでしょう。人数を揃えてきたとはいえ、フウガ様の足下にも及ばぬソーマが攻めてきたとして、打ち払えばいいだけのこと。抵抗軍と王国軍でどこまで足並みを揃えられるかもわかりませんしね」

「「「おおおお」」」

クレーエの言葉に、その場にいた者たちは皆感銘を受けた。

彼らにはフウガを打ち倒したという自負がある。

主《あるじ》を殺したという罪の意識は退路を断たせ、英雄を殺したという高揚感は彼らの自尊心を満たしていた。人は物事を自分に都合良く解釈しがちである。

自分たちが最強であるというクレーエの言葉は彼らの心に響いたのだ。

一方でクレーエの内心は違っていた。

先程までの言葉は皆を動かすための方便であり、彼の本心は勝算などまったく考えていなかった。

（役者が向こうから来てくれる。やはりコレこそが天が私に与えた配役なのだ）

ソーマたちを迎え撃つために移動する軍の中で、クレーエは不敵に笑っていた。

（『帝国の聖女』としての輝きを失ったマリア様は、私が敵となることで再び輝きを取り戻した。いまはフリードニア王国で人々の尊敬を集めていると聞く。そして英雄として停滞し、覇気をなくしたフウガ様を退場させたことで、大虎帝国はまた動き出している。私を討とうと、ソーマやシュウキン殿たち英傑がこの地に集まっている。やはり私が悪として存在することで、時代の熱気は昂《たか》ぶっていくようだ）

クレーエにとってこの戦いの勝ち負けなどはどうでもよかった。

ただ物語性の強い戦乱の時代を続けさせることこそが天命だと考えていたのだ。

崇拝していたマリアは女皇としての地位を捨て去った。

フウガもまた海洋同盟との戦いのあとに停滞した。

このことは英雄譚《えいゆうたん》の登場人物の一人として命を燃やしたいクレーエにとっては裏切りに感じられ、彼が人として壊れる原因となった。

他人にそそのかされたように見えて、その実クレーエの持って生まれた危険な思想が芽吹いたに過ぎなかったのだ。

彼自身の気性からして平穏な時代など受け入れられるはずもなかったのだから。

（さあ数多《あまた》の王や英傑たちよ！　私を倒すべく、この時代を彩りなさい！）

クレーエは魔王役になりきり、悦に入っていた。

◇　◇　◇

『ユリウス。頼みたいことがある』

『？　なんだ？』

俺はこの戦いの前に軍師であるユリウスにある頼み事をした。

その内容を聞いたユリウスは一瞬驚いたような顔をして、ジッと俺の顔を見てきた。

『……本気なのか？』

『ああ。どのみち、いまのままにしてはおけないだろうしな』

『それはわかるが……しかし……』

渋い顔をするユリウスに俺は溜息《ためいき》交じりに言った。

『苦労をかけることになるだろう。だけど、他に任せられるヤツもいないし』

『……まあ、私たちにとって願ってもないことではあるが……』

『もちろん、最大限の協力はする。だから……頼む』

『……わかった』

ユリウスは頷《うなず》くと手勢を率いて軍を離れたのだった。

それが昨日のことである。

そしていま、小高い丘に置かれた本陣にいる俺たちの眼下では、俺たち王国軍&シュウキンたち抵抗軍の連合軍がクレーエ軍と激しく戦っていた。

立って戦場に目をやる俺の隣では、ユリガが真《ま》っ直《す》ぐに戦場を見つめていた。

その顔に怒りや悲しみなどは見られない。ただ真顔であるだけだった。

そのことが却《かえ》って心配になり、俺はユリガに尋ねた。

「大丈夫か？　ユリガ」

「……なにがです？」

無表情で聞き返されて、俺はどう声を掛ければ良いか迷った。

無理して気丈に振る舞っているならそっとしておいたほうが良かったかなとも思うし、もし倒れそうになっているなら支えたいとも思う。

手を差し伸べること、見ない振りをすること……この場合、どっちが彼女にとってやさしさなのだろうか。わからないから、思ったことを口に出す。

「いや……もしかしたら、仇は自分の手で討ちたいと思っていたのかなって……」

そう言うと、ユリガは表情を曇らせた。そして……。

「正直、どうでもいいです」

そう口にした。

「もちろんクレーエのことは許せないし、反逆の罪は死をもって償って……いえ、それで償いになったら癪《しゃく》なので野垂れ死んでほしいと思ってます。ですが、自分の手で討ちたいとかそういうことは考えてません。私にとっては……あんなヤツのために身体《からだ》を張ることよりも、お兄様たちから託されたスイガを守ることのほうが大事ですから」

「……そうか」

クレーエは絶対に討ちたいが、それはフウガの仇を討つためではない。

スイガを危険から遠ざけるためというのが大きいのだろう。

クレーエを生かしておけば、いつなんどきスイガの身に危険が及ぶかわかったものじゃないからな。誘拐して旗頭にしようとすることも考えられる。

するとユリガは不安からか、俺の傍《そば》に寄り添ってきた。

俺はそんな彼女の肩をそっと抱き寄せた。

「心配しなくていい。精鋭を連れてきたんだ。必ずクレーエの息の根を止める」

リーシアやジュナさん、エクセルには留守を頼んでいるけど、アイーシャにナデン、ルドウィン、ハル、ルビィ、カエデ、ミオといった精鋭中の精鋭を連れてきている。

フウガ率いる大虎帝国軍の猛攻をはね除《の》けた頼もしい家臣たちなのだから、クレーエごときに後れをとるはずがなかった。

俺の言葉にユリガもコクリと頷いたのだった。

◇　◇　◇

ソーマ率いるフリードニア王国軍とシュウキン率いる抵抗軍は、兵の数と質、武将の数と質、武装、補給物資の豊富さなど、ほとんどの面でクレーエ軍を圧倒していた。

あのフウガ・ハーンが大虎帝国の総力をあげて挑んでも、フリードニア王国から勝ち星をもぎ取れなかったという事実が、王国の持つ地力の凄《すさ》まじさを物語っている。

ましてて率いるのが一介の将であったクレーエでは、王国軍を打ち破ることなどできないだろう。

ただクレーエ軍は主君フウガを討った、大虎帝国からすれば裏切り者の集団であるため、この戦いで負ければ彼らに未来はなかった。

少なくとも兵を率いる将たちは全員、主殺しの罪を糾弾され、フウガの仇を討とうと燃えているシュウキンら忠臣たちによって血祭りに上げられることだろう。

つまり彼らにはもうあとがないのだ。

「進め！　我らはあのフウガを討ちとった最強の軍団だ！」

「ソーマ、シュウキン、なにするものぞ！」

「ソーマを討ち、歴史にまた新たな偉業を刻むのだ！」

クレーエ軍の士気は高く、劣勢の中でも粘りを見せた。

勝ちを確信している王国軍はやはり命を惜しみがちになり、あとがないクレーエ軍は死に物狂いで戦っているため戦意に差ができているのだ。

もしクレーエ軍側にフウガのような英雄がいたなら、この隙を突く形で大番狂わせを起こした可能性もあったかもしれない。

しかし、すでに時代は英雄を必要としなくなっていた。

「どりゃあぁ!!」

ズバンッ！

「「「うわあああぁ！　」」」

クレーエ軍の中で剛力の戦闘狂ナタが愛用の大斧《おおおの》で王国軍をなぎ払っていた。

盾を持っていようが鎧《よろい》を着込んでいようが関係なく、王国軍の兵士たちがナタの大斧の一撃を喰《く》らって吹き飛ばされていた。

「ガーハッハ！　戦いはこうでなくちゃなぁ！」

ナタは大斧を担ぎながら愉快そうに笑った。

強敵との戦いを続けたい、あくまで人と戦って自らの武勇を示したいからとクレーエ側についたナタ。戦い続けられる乱世に時代を戻すために。

その点において、この状況は彼にとって待ち望んでいたものだった。

劣勢とか、勝ち負けとかは関係ない。

目の前に屠《ほふ》るべき敵がいる。ただそのことだけが生きがいだったのだ。

「さあ！　もっと血を流して、俺を楽しませてくれ！」

そんな鬼気迫るナタの気迫に怯《おび》え、腰を抜かした兵士のもとにナタの大斧が迫った……

そのときだった。

「……ん？　なんだ？」

一瞬、周囲が暗くなった気がして、ナタは手を止めた。

ナタが空を見上げると黒く太くニョロニョロとしたものが頭上を通過していた。

ソーマの第二側妃である黒龍ナデンだ。

ナデンが上空を通過したため、日の光が遮られたらしい。そして……。

「っ!?」

――ズドンッ!!


ナタが咄嗟《とっさ》に後方へと飛び退《の》く。

するとさっきまでナタがいた場所に、急にダークエルフの女戦士が降ってきて地面に大剣を叩《たた》き付けた。叩き付けられた地面は深い裂傷と周囲に凹《くぼ》みを作っている。

大剣を構えてすっくと立ったのはソーマの第二正妃アイーシャだった。

どうやらナデンから飛び降りてきたらしい。

アイーシャは地面に埋まった大剣を持ち上げると、キッとナタを睨《にら》んだ。

「貴様がナタか。いまもなお暴力と血を撒《ま》き散らす獣め」

「ダークエルフ……知ってるぜ、あの軟弱王の嫁の一人だろ」

ナタがアイーシャに向かって大斧を構えた。

「嫁に守られて本陣に籠もっているとは、あの野郎は男の風上にも置けねぇな」

「ほざくな！」

アイーシャの一喝に場の空気がピリリと引き締まり、ナタも一瞬息を呑《の》んだ。

そこにはソーマの作る料理を夢中になって頬張ったり、エクセルなどに揶揄《からか》われて慌てふためいたり、愛するソーマの前では忠犬もビックリなデレデレぶりを発揮したりする、いつものガッカリダークエルフなアイーシャの姿はなかった。

純粋な戦意と、肌で感じるほどの殺意。

王国最強の戦士としてのアイーシャが立っていた。

「貴様のような野蛮人には、国を背負って立つ陛下の本当の強さもやさしさも理解できまい。知的な者の多い兄弟姉妹の中で、なぜ貴様のような獣が育ったのか」

「うるせぇ！　その首斬り落としてソーマのところに投げ込んでやらあ！」

「イチハ殿の兄とて容赦はしない。行くぞ！」

ナタの大斧とアイーシャの大剣が激突する。


——ガンッ!!——ガンッ!!


さすが剛力で鳴らしたナタだけあって、アイーシャの大剣に斧が叩き付けられる度に、爆音と衝撃波のようなものが周囲に飛び散っていた。

周囲にいた両軍の兵士がその怖《おそ》ろしい光景にすくみ上がり、戦いの手を止めるほどだった。

そんな打ち合いの中でナタは凶暴な笑みを浮かべていた。

「さあどうだ！　ドンドン行くぜ！　もっと楽しませろ！」

「………」

一方で、打ち合うアイーシャの目は冷ややかだった。

しばらくはナタとの打ち合いに付き合っていたが、やがて溜息を吐《つ》いた。

「……貴様はダメだな。まるでなっていない」

「なんだと!?」

「フウガ殿はもちろん、これまで戦った誰と比べても劣っている」

アイーシャはこれまで刃を交えた猛者を思い出していた。

共にソーマを支えようと、何度も訓練で戦ったリーシアの技の冴《さ》え。

ゲオルグとの友誼《ゆうぎ》と武人としての信念を背負い、それが限界以上の力を引き出していたのか、リーシアと二人がかりでやっと倒すことができたカストールの意地。

父ゲオルグの真実を知るために武闘大会に参加していたミオの真っ直ぐな武技。

そして力と技で圧倒され、初めてこの者には勝てそうにないと思わされたフウガ・ハーンの圧倒的な存在感。

皆、アイーシャの記憶にしっかりと刻まれている。

しかし目の前のナタの武技からは、そういった思いのようなものがなにも感じられなかったのだ。

「貴様にはなにもない。ただ赤子が手にしたものをとりあえず投げるように、暴力を振るっている。なにもないから、戦っている私にもなにも響いてこない」

「なにをゴチャゴチャ言ってやがる！」

「貴様との戦いなど、すぐに忘れると言っているのだ！」

アイーシャが放った蹴りがナタの腹部に突き刺さった。

「ぐっ……」

苦悶《くもん》の表情を浮かべたナタだったが、体勢を立て直した次の瞬間には、

——グサッ

「ぐはっ!?」

「だから……もう眠れ」

ナタの胸をアイーシャの大剣が貫いていた。

アイーシャはズルリとその大剣を引き抜くと、纏《まと》わりつく血を払った。

まだ辛うじて立っているナタがアイーシャに向かって手を伸ばそうとするが、そのときにはアイーシャはもうナタから背を向けて去っていた。

さながらお前の命などどうでもいいとでも言わんばかりに。

「……クソ……が……」

まるで弱者のように扱われ、ナタは茫然自失《ぼうぜんじしつ》のまま絶命したのだった。


そうしてナタが倒れたのと同じ頃。

粘りを見せていたクレーエ軍もさすがに疲労が重なり徐々に押し込まれていった。

豊富な人員と物資によって疲れた兵の休息や回復が行える王国軍と違って、クレーエ軍はずっと戦い通しで休む暇がないのだ。

「身の程知らずに誰が空の王者か教えてやれ！　ルビィ！」

『わかったわ！……（スー）……ガオオオオ!!』

ブオオオオオオオッ
「ぎゃあああ！」

「熱い！　熱い！」

上空では王国唯一の竜騎士であるハルバートとルビィが、グリフォン騎兵を相手に一騎当千の働きをしていた。小回りではグリフォン騎兵が勝るものの、ルビィが吐き出す炎の息吹《ブレス》の勢いは凄まじく、囲もうとしたグリフォン騎兵を焼き払う。

もはや空中固定砲台とでも言うべきか、滞空して炎を吐くだけでどんどん敵の空軍騎兵が落ちていく。まるで明るさに群がり、焼かれて落ちていく虫のようだった。

さらにグリフォン騎兵の脅威はハルバートたちだけではない。

「俺たちに無警戒とはなっていないな！」

「王国の空を守るのは、マグナ家だけではありません！」

ハルバートとルビィを攻めあぐねているグリフォン騎兵に対し、カストールとカルラが率いる推進機を積んだ飛竜《ワイバーン》騎兵隊が突っ込む。

編隊を組み、遥《はる》か遠くから瞬時に間合いを詰めて攻撃し去るという一撃離脱戦法に、グリフォン騎兵は対応できなかった。クレーエ空軍の被害は増え続ける。

一方、カストールたちはニヤリと笑う余裕があった。

「一方的だな。フウガとドゥルガのいない空軍などこんなものか」

「いや、父上。あれに対応できてたフウガたちのほうが異常なんですって」

カルラにそうツッコまれ、カストールは「たしかにな」と笑った。

こうしてクレーエ自慢のグリフォン騎兵も、ハルバートとルビィの竜騎士コンビや、カストール&カルラ親子が率いる推進機を積んだ飛竜《ワイバーン》騎兵によって敗走させられた。

同時刻。

地上ではルドウィンとカエデの指揮の下、クレーエ軍を包囲していた。

「焦ることはありません！　兵数や装備の質で我が軍はクレーエ軍を圧倒しているのです！　無理な突出はせず、着実に、タマネギの皮を一枚一枚剝《む》くみたいにジリジリと敵を細らせていくのですよ！」

カエデの的確な指示によって、クレーエ軍は戦局を打破する術《すべ》を見出《みいだ》せずに押し込まれていく。それでも起死回生を狙って突撃を掛けようとすれば……。

「敵が出てきたな……。総員、あの部隊の横っ腹にツッコむぞ！」

「「「はっ」」」

ルドウィン率いる近衛《このえ》騎兵隊が、より強力な一撃でもって突出した部隊に突撃し、粉砕していた。ルドウィンは一軍を率いる将ではあるが、戦機と見れば軍の指揮をカエデに任せて前戦にて敵を粉砕する。

フリードニア王国軍は軍の指揮を執れる人材が多い。

それでいて命令系統が混乱するということもない。

多くの人材を登用し、個性を活《い》かし、ソーマの意思が及ばない場所でもそれぞれが国のために最善を尽くすというフリードニア王国の有り様は軍隊にも反映されていた。

さながら訓令戦術のように各々が各々の判断で行動し、ときに連携して作戦目標のために一丸となって取り組む組織ができあがっていたのだ。

そんなある種異様な軍団に対応できる者など、クレーエ軍にはいなかった。

◇　◇　◇

——フリードニア王国軍本陣。

もはや勝敗が誰の目にも明らかになった頃。

俺とユリガのいる本陣をシュウキンとルミエールが訪ねてきた。

「申し訳ありません！　ユリガ様！」

本陣に入ってきたシュウキンはユリガの顔を見るなり、その場に膝を突き、頭と両拳を地面に擦《す》りつけた。

「我が主君、我が友、そして貴女様《あなたさま》の兄上であるフウガ様を守ることもできず、また自分たちの手で仇《あだ》を討つことも叶《かな》わず、こうして生き恥を晒《さら》しております！　面目次第もございません！」

「シュウキン殿……」

まるで血を吐くようなシュウキンの言葉。

それを聞いたユリガは彼の前に膝を突くと、その肩にポンと手を置いた。

「貴方《あなた》たちが生きていてくれて良かった。お兄様の生死はわかりませんが、カセン殿のおかげでスイガは生きています。お兄様とお義姉様《ねえさま》の血が残っているんです。これから幼いスイガが背負うものを思えば、一人でも多くの忠臣が残っていてくれないと困ります」

「ユリガ様……申し訳ありません……」

涙を流すシュウキンをユリガが慰めていた。

それを見守っていた俺の前に、今度はルミエールが膝を突き、頭を下げた。

「ソーマ殿。この度は御助勢をくださりまことにありがとうございます」

「……北の混乱はうちにも悪影響だ。早急に片付けるに越したことはないからな」

頭を上げさせると、俺とルミエールの目が合った。

「ルミエール。今後のことだが……」

「……はい。万事、ソーマ殿にお任せします。クレーエを焚《た》きつけ、彼の中に眠っている狂気を目覚めさせてしまった私に……次代を導く資格などありませんから」

「そうか……」

後悔で押し潰されそうな顔をしているルミエールに、言葉少なに答える。

今後の大虎帝国の仕置きについては、この戦の前にシュウキンやルミエールたちに伝えてある。彼らにとっては酷な話かもしれないが、もはやこの広大な大虎帝国を一つの意志のもとに統治するのは不可能だ。

ましてやまだ乳児であるスイガにその重責が担えるはずもない。

俺はクレーエ軍の敗走が始まっている戦場を見つめた。

「そのための……最後の仕上げだ」

◇　◇　◇

クレーエ軍は崩壊した。

総大将であるクレーエ・ラヴァルはわずかな手勢と共に戦場から離脱し、残された将兵たちは王国軍に包囲されて、殺されるか捕虜になるかの二択を迫られることになった。

戦いは夕刻までに決着した。

そして夜になり、脱出したクレーエは細い山間の道を馬で駆けている。

（そうだ！　これでいい！　まだまだ時代は熱くなれる！）

敗走しているにもかかわらず、クレーエの顔はまるで喜んでいるかのようだった。

時代を彩る魔王としての役割に目覚めたクレーエ。

彼は戦場で華々しく散ることなどは考えていない。

むしろ泥にまみれてでも生き残り、聖女や英雄が活躍できる時代である乱世を少しでも長引かせることが自分の使命だと思っていた。

だから生きて生きて生き抜いて、再び戦場を作り出す。何度でも何度でも。

「それが天が私に与えた使命なのだ！　私は再び、この舞台へ舞い戻るぞ！」

「……そうはさせん」

「っ!?」

どこからか声が聞こえた。


ヒュンヒュン、ヒュンッ……


次の瞬間、いくつもの風斬り音が聞こえてきた。矢の雨だ。

突如飛来した矢によってクレーエの手勢たちは射貫《いぬ》かれ、クレーエも馬を射られてその場に放り出された。いつの間にか降っていた雨でぬかるんだ地面。

そんな地面に転がったクレーエが泥だらけになりながら顔を上げると、そこには白い服を着た男が立っていた。

その男は腰の剣を抜き放つと、クレーエの首に突きつけた。

「貴様の幻想に、これ以上、世界を巻き込むな」

「そ、そんな……私には使命が……」

「幻想だと言っただろう」

男の剣の一振りによって、クレーエの首が落とされた。

地面に落ちたクレーエの顔は驚き、愕然《がくぜん》としているようで、最後まで「自分がこのような場所で死ぬなどありえない」と思っていたかのようだった。

男が剣の血を払って鞘《さや》に収めたとき、男の手勢が集まってきた。

するとその中に交じっていた黒虎マスクの大男がその男に声を掛けた。

「これで……終わりましたな。ユリウス殿」

ユリウスは頷《うなず》くとクレーエの首を拾いあげ、その黒虎マスクに渡した。

「カゲトラ殿。この首を持ってソーマ陛下に報告してくれ」

「承知。ユリウス殿の手柄であることをしかと伝えましょう」

「……まあ、そのために私はここに配置されていたのだからな」

この戦いが始まる前のことだ。

ソーマはクレーエの脱出経路となるであろう場所にユリウスを配置していた。

そして戦いの勝敗が決すると包囲を調整して、クレーエがここを通って脱出するように仕向けていたのだ。

『ユリウスに敵総大将を討ち取らせる』

……という、それだけのために。ユリウスは溜息《ためいき》交じりに苦笑していた。

「今後のことを思えば……誰かに代わりに討ち取らせたほうが楽だったかもな」

「……心中お察しする。それでは、ご免」

カゲトラが首を持って去っていくのを、ユリウスは静かに見送った。

そろそろ空が白み始め、夜が明けようとしている頃だった。

◇　◇　◇

クレーエ軍との戦いから一夜明けた。

夜に降った雨はすでにやんでいる。

夜明けの空は雲がポツポツと浮かんでいるものの晴れていた。

そんな明るい空が見られる時間まで、俺はユリガ、シュウキン、ルミエールと大虎帝国の今後について話し合っていた。

クレーエ軍との戦闘には勝利したもののまだ討ち漏らした残党の追跡や、捕虜の拘束・移動などで将兵たちに休む間も与えられずにいた。

護衛として立っていたアイーシャとナデンが欠伸《あくび》をし始めた頃。

「報告！　ユリウス殿が見事クレーエを討ち取った模様！　ユリウス殿から首を預かった

カゲトラ殿が到着されました！」

　王国軍の伝令兵が駆け込んできてそう報告した。

　その言葉に、その場にいた誰もが眠気を吹き飛ばされた。

　シュウキンは目に怒りをたぎらせながら「クレーエっ」と呟《つぶや》き、ルミエールは黙って瞑《めい》目《もく》していた。ユリガは目を閉じ、胸の前で祈るように手を組みながら、

「……終わりましたよ。お兄様」

　……と、そう呟いていた。そして俺はというと……。

(終わった……か)

　多分きっと、心底ホッとした顔をしていると思う。

　この戦いを無事に終わらせられたという思いが強かったからだ。

　俺は伝令兵にカゲトラを呼ぶように告げると、ユリガを見た。

　ユリガは苦虫を噛《か》み潰したような、肩の荷が下りたような、悲しみに耐えるような……そんな複雑な感情が入り交じった顔をしていた。

　俺はカゲトラが来ないうちにユリガに言う。

「ユリガ、しばらく席を外すか？」

「えっ……」

　ユリガは運動神経抜群で戦ったら俺よりはるかに強そうだけど、戦場に出て戦うようなタイプじゃない。

東方諸国連合にいた頃から戦場は目の当たりにしていたし、もちろん戦死者の様子は見てきただろうけど……それでも、敵将の生首を近くで見た経験などないはずだ。

カゲトラがここに来たら……クレーエの首実検を行うことになるだろう。

仇の首とはいえ、ユリガには見せたくなかった。

そう伝えたけど、ユリガはしっかりと俺の目を見ながら「いいえ」と言った。

「私も、この目で見届けます。お兄様に代わって」

そうハッキリ言われるとこっちとしても何も言えなかった。精々が、

「……無理はしなくていいからな」

と、そう言うしかなかった。しばらくしてカゲトラが現れる。

「ユリウス殿が討ち取りし、敵大将クレーエの首にござる」

そう言って地面に木箱を置いた。

どうやらケーキ箱と同じように底面以外が外れる仕組みになっているようで、上に持ち上げれば中からクレーエの首が出てきた。死後に整えられたのか、目は伏せられ口も閉じており、その表情からどんな最期を迎えたのかはわからなかった。

「うっ……」

隣に座っていたユリガが口を押さえて呻《うめ》いた。

……だから無理するなって言ったのに。

俺も多少は経験を積んできたつもりだけど、見ていて気分が良いものじゃない。

それでもフウガに代わって見届けたかったのだろう。

だけどもう、無理をする必要はない。

「ナデン。ユリガを休ませてやってくれ」

「合点承知よ」

「ごめんなさい……」

ナデンに付き添われる形でユリガが退出していった。

残ったメンバーでクレーエの首を見つめる。

乱世は当時代人にとっては迷惑極まりないが、後世になって物語として語られるときには人をワクワクさせるものだ。その物語性に魅入られて、さながらトリックスターのように世界を掻《か》き回したのがクレーエだった。

そのような役割を持つ人物は、英雄フウガと同じくこの時代の中でしか生きられず、次の時代に居場所はない。

だからこそ、次の時代への変革を促す俺や、俺と歩調を合わせるマリア、そして時代の変化を受け入れようとしていたフウガを許せなかったのだろう。

そう思えばヤツの心情も少しは……。

（……いや、やっぱり理解できないな）

俺にとって一番大事なのは家族だ。

嫁さんたちと子供たちだ。

自分の幻想に浸りきって、現実で近くにいる人たちを不幸にする選択を採《と》るヤツの気持ちなど、これっぽっちも理解できるはずがない。

世の中には、どうやってもわかり合えないヤツってのもいる。

(お前だって、俺に理解してほしいとは思わないだろう……なあ、クレーエ?)

物言わぬ首だけになったクレーエを冷ややかな目で見つめる。

パルナムで留守を守っているリーシアがこの場にいたら、そっと寄り添ってくれたかもしれない。その温《ぬく》もりが恋しくて、ちょっとホームシックになった。


しばらくしてユリウスが帰ってきて、俺たちの前に膝を突き頭を下げた。

「ただいま帰還しました」

「ご苦労だった、ユリウス。敵大将を討ち取るとは一番手柄だな」

そう声を掛けると、ユリウスは「もったいないお言葉です」と答えた。

俺は立ち上がるとユリウスの傍《そば》に歩み寄り、肩をポンと叩《たた》いて顔を上げさせた。

「なにか褒美を取らせたいのだが、望みはあるだろうか?」

そう尋ねると、ユリウスは真《ま》っ直《す》ぐに俺の目を見ながら言った。

「はっ。それならば、妻の実家の再興をお願いしたく」

「ふむ。其方《そなた》の妻というとラスタニア王国の王女であったティア・ラスタニア殿だったな。

それはつまり『ラスタニア王国の再興』ということだろうか？」

「はい。私は妻を、故郷の地に王族として帰してあげたいのです」

「……なるほど」

……とまあ、それっぽいやりとりはしたものの、ここでユリウスが〝ラスタニア王国再興〟を願い出ることはあらかじめ決めてあったことだ。

シュウキンやルミエールなどもそのことは理解している。

そのために、ユリウスがクレーエの首をとれるようにお膳立てをしていたわけだし。

本来ならこんなやりとりも必要ないのだけど、ここには衛士《えじ》をはじめ事情を知らない者たちの目もあるからな。建前であってもちゃんとしておくべきだろう。

俺はユリウスの肩をポンポンと叩いた。

「其方の願いはわかった。善処を約束しよう」

「ありがとうございます」

そして「疲れただろう。今日は休んでくれ」とユリウスを下がらせた。

クレーエの首も下げさせて、ようやく一息吐《つ》けた。

俺は同じように疲れた顔をしているシュウキンとルミエールに言った。

「大変なのはむしろこれからだ。大陸の半分近くの土地が主を失ったのだからな」

「……わかっています。混乱を早急に鎮めなければなりませんが、なにから手をつければいいいか」

ルミエールが心底鬱陶しそうに額を押さえながら言った。

するとシュウキンが溜息交じりに口を開く。

「大虎帝国は我が友フウガ・ハーンだからこそ維持できたのだ、幼いスイガ様はもちろん、残された家臣の誰であっても統治できないだろう。統治できるとすればユリガ様の伴侶であり、いまとなっては大陸一の軍事力を有するソーマ殿だろうが……」

シュウキンはそう言ってこっちに視線を投げてきた。……無茶言うな。

「いや、いきなり自国の三倍はあろうかという土地の面倒を見ろとか言われても不可能だから。こっちはソージ大司教からの要請で、ルナリア正教皇国の混乱まで鎮めなければならないんだからな。とてもじゃないが北部の面倒は見切れない」

「……そうですね。どうしたものか……」

三人揃《そろ》って溜息を吐《つ》いてしまった。

やるべきことは山積みだ。それでも、やるべきことはわかっている。

この大陸にこれ以上の混乱をもたらさないため、真っ先にやるべきことは。

「ともかく、まずは、だ」

「はい」

「なんでしょうか？」

こっちを見たシュウキンとルミエールに、俺は笑顔で告げる。

「この南半球にいる国王と元首、全員集めようか」

エピローグ　大陸再編

——それから一ヶ月ほどが経《た》った頃。


ノートゥン竜騎士王国の首都バルム付近。

首都バルムに隣接する山の中腹に建造された竜騎士王家の居城、その会議室。

この円卓のある会議室はかつて魔虫症の対策のためにフリードニア王国、ハーン大虎王国（当時）、グラン・ケイオス帝国、トルギス共和国、九頭龍《くずりゅう》諸島王国の五カ国でサミットを行った場所だった。

その会議室はこの一ヶ月の間に急遽《きゅうきょ》大改装が行われ、いまや大会議場といっていい広さと収容人数を確保していた（中央の円卓は残してある）。

いまこの部屋の中にいる顔ぶれは次のとおりだ。

フリードニア王国からは俺とリーシア。

ユーフォリア王国からは女王ジャンヌと王配ハクヤ。

トルギス共和国からは元首クーと妻で護衛のレポリナ。

九頭龍《くずりゅう》諸島王国からは女王シャボンと王配のキシュン。

ルナリア正教皇国からは大司教ソージと元聖女メアリ。

ガーラン精霊王国からは国王ガルラと父なる島の代表でもある王女エルル。

ノートゥン竜騎士王国からはシィル女王。

北のシーディアンたちの代表としてマオ。

ハーン大虎帝国からは遺臣代表であるシュウキンとルミエールとロンバルト。

そして戦功によって再興が約束されたラスタニア王国の代表としてユリウスと、南半球に存在する国家の代表が一堂に会し、席に着いていた。

つまり、星竜連峰のティアマト殿を除けば、南半球にある国家の代表が全員この部屋に集まっているということになる。

錚々《そうそう》たる……という言葉では足りないほどの錚々たる顔ぶれだった。

いまこの場で爆弾テロでも起こったりしたら、かつての戦乱よりさらに酷《ひど》い戦乱の時代が繰り返されるかもしれない。

それを防ぐために各国の護衛たちによって部屋の中と外はもちろん、この居城どころか竜騎士王国一国丸ごと護衛されている状態だ。全国の首脳を一箇所に集めるという無茶のためには、そんな過剰とも言える警備も必要だったのだ。

会談の内容自体は放送を通して伝えるのでも十分だけど、ここに各国の首脳を集めることによって、次の時代の決定はここにいる国々のトップによって行われるということを、この南半球に住むすべての人々に印象づけなければならない。

やがて時間が来たところで、議長席に座ったシィルが口を開いた。

「さて、それではこれより『第二回バルム・サミット』を行います」

「「「……………」」」

その場にいた誰もがシィルのほうを見る。

この大会議場の提供者であり、各国に対して中立な立場であるシィル女王には、今回も会議の進行役をお願いしている。

この会議の発起人は俺だけど、ここで俺が進行までやったらフウガの跡を継ごうとしているかのような印象を与えてしまうことになるからだ。

「それではこの会議の招集を要請したソーマ・E・フリードニア殿、どうぞ」

「はい」

シィルに声を掛けられて、俺は立ち上がった。

「まずはそれぞれ多忙な中、私の呼び掛けに応えてこの場所に集まってくれた各国首脳の皆様に感謝します。今日、皆様に集まってもらったのは大英雄フウガ・ハーン亡きいまの世界で、大虎帝国、そしてこの世界をどう統治し、安定させるかを話し合うためです。……マオ殿。お願いします」

俺が呼び掛けるとマオが「はい」と応えた。

すると、会議室の中央にこの南半球の地図が映像として映し出された。

あらかじめこういうことをすると聞かされていた首脳陣は落ち着いていたが、各国の衛士たちからは感嘆の声が漏れていた。

そんなこの世界の地図を指差しながら、俺は言った。

「つまり、この場にいる皆様で世界を再編しようというわけです」

そこまで言うと、俺はパンと手を叩いた。

「さて、各々自国の統治に忙しい中で集まってもらったんだ。ほとんどが顔見知りということもあるし、言い回しを選んでる時間も惜しい。ここから普通に喋《しゃべ》らせてもらう」

俺がそう言うと皆了承を示すように頷《うなず》いた。話を続ける。

「まず簡単なところから順番に片付けていこう。まずは……トルギス共和国」

「ウキャッ？　うちからか？」

クーが首を傾《かし》げたので俺は頷いた。

「トルギス共和国は少し前に大虎帝国内の傭兵《ようへい》国家ゼムだった地域を併合したよな？」

「お、おう。だけど返還しろってのはナシだぜ？　国王代理だったモウメイから後事を託されたギムバールのオッサンが、うちなら正しく治められるだろうと託してくれたんだ。いかに兄貴といえど、他国からどうこう言われる筋合いはないぞ」

クーが不満げな顔をして言った。

領土返還を求められるとでも思ったのか？　なにを勘違いしているんだか。

「簡単なところから片付けると言っただろ？　そのことにどうこう言うつもりはないし、むしろフリードニア王国とユーフォリア王国は併合を支持する。なあジャンヌ殿？」

俺がジャンヌに話を振ると、彼女も頷いた。

「はい。ゼム地方の人々の要請による併合ということですので、姉上の人類宣言が残っていたとしても非難はできませんからね。統治者の変更が多いゼムの地域を安定して統治してくださるなら、我が国としても喜ばしいところです」

「そういうことだ。国境を接するうちとユーフォリア王国が支持するのだから、他の国々からも異論は出ないだろう。どうだろうか？」

ここにいる者たちに問いかけると、皆「異議なし」と同意してくれた。

クーは併合が簡単に認められたことにむしろ驚いたように目を丸くしていた。

「いやいや、ルナリア正教皇国とも接してるぞ。ソージのオッサンはいいのか？」

クーがソージに話を振ると、ソージは坊主頭をガシガシと掻《か》いた。

「べつに構わんさ。というか……あとで話すことだが、うちの内部はガタガタすぎて、国家を統治できる状態にないからな。共和国のほうで好きにしてくれ」

「……だそうだ。クー、他になにか心配事はあるか？」

俺がそう尋ねると、クーはようやく納得したのか首を横に振った。

「いいや、ない。ゼム地方はうちが責任持って預かる」

そうドンと胸を叩いたクーだったが、

「……ただなぁ、ジャンヌ殿」

威勢の良さが消え、躊躇《ためら》いがちにジャンヌを見た。

「？　なんでしょうか？」

ジャンヌが首を傾げると、クーは拝むようにパンッと顔の前で手を合わせた。

「頼む。そちらのトリル姫をしばらくうちに貸し出してくれ。ゼムは山が多くて豊かな土地ではないが、穿孔機《ドリル》で山にトンネルを掘れば交通の要となって発展するはずだ。そうなりゃフリードニア王国とユーフォリア王国の交易も活発になるだろう。そちらにとっても悪い話ではないと思うが、どうだろうか？」

クーに聞かれたジャンヌはチラッと横にいるハクヤを見た。

ハクヤは穏やかな顔でコクリと頷く。

それを見たジャンヌは頷くとクーに笑顔を向けた。

「わかりました。どうぞこき使ってやってください」

「ウッキャキャッキャ！　ありがたい！　ゼム地方にはニケを置くつもりだし、アイツに面倒を見させるから安心してくれ」

どうやら共和国のほうは話がまとまったようだ。次の場所に話を移そう。

「次はガーラン精霊王国だが……そちらはどういうことになるだろうか？」

ガーラン精霊王国はいま保守派の『母なる島』と、改革開放派で大虎帝国についた『父なる島』とに政権が分かれている。

とはいえ、魔虫症への国際的な取り組みを契機に母なる島のハイエルフたちも改革開放路線に舵《かじ》を切ったようだし、父なる島が後ろ盾とした大虎帝国は力を失った。

もとより両派閥のトップであるガルラ王とエルル姫は仲が良い。

うちの国からは距離的に離れているため、この後のことは本人たちに任せるしかなかったのだが……どういう結果になったのだろうか？

するとガルラはエルルと目配せしたあとで、ゆっくりと口を開いた。

「ガーラン精霊王国の母なる島はこれまでの鎖国的な政策を転換し、今後は他国とも積極的に交わっていくことになった。これにより母なる島は父なる島のハイエルフたちを受け入れる準備ができた。二つの島は、いま再び一つの国家となる」

「今後はどこの国とも交易を行っていくことになります！　まあ、一番近くなので、大虎帝国の方々とは仲良くしていきたいですけど。ね、シュウキン様？」

元気いっぱいにそう言ったエルルがシュウキンにウインクした。

シュウキンは彼女の勢いに苦笑していたようだけど。

ガーラン精霊王国はこれで大丈夫そうなので、次の話に移ろうとしたとき、ソージがスッと手を挙げた。

「すまんが、次は正教皇国《うち》のことを話させてくれ」

「……まあ、大虎帝国とどっちを先に扱うか迷うところではあるけど」

「先にうちのことを各国に認識してもらったほうがいいだろう」

そう言うとソージは各国の首脳を見回しながら言った。

「さっきも少し話したが、いまの正教皇国はこれまでの粛清の嵐によって内部がガタガタだ。政敵を異端と断じて、審問と弾圧を繰り返した末路だな。俺とメアリ嬢ちゃんで凶行は止めたが、とてもじゃないが一国を統治できるような状況じゃない。俺たちのバックにフリードニア王国があったとしてもだ」

「「「…………」」」

ソージの話を皆、黙って聞いていた。

そしてソージが俺やハクヤとも熟考を重ねて決断したことを告げる。

「そこでだ。この機会にルナリア正教は政教分離を果たそうと考えている。首都ユムエンとその周辺のみを『ルナリア教皇領』とし、ルナリア正教の総本山としての役割のみを残す。残る国土の統治はフリードニア王国に任せる」

「……と、ソージからそういう提案を受けている」

俺はソージのあとを引き受けてそう言った。

ソージの提案は、ルナリア正教皇国はバチカン市国のような形で残し、正教徒を宥《なだ》めるための権威だけは維持して、各国間のパワーゲームからは手を引くということだった。

そして放棄した国土と民はうちに面倒を見させようとしているのだ。

地理的にはユーフォリア王国でもいいのだけど、正教皇国民はマリア時代の帝国を敵視しているから難しいらしい。

このことは……ハッキリ言って、うちにとってはかなり面倒くさい提案だ。

信仰心に厚い者たちの多い国を預かるのはリスクが高い。

フリードニア王国はソージの協力もあり、宗教同士が他宗教を認める寛容な空気を作り出したけど、それに正教皇国の人々が馴染《なじ》めるかが問題となる。

旧アミドニア公国のようにうまく人心を宥められるかどうかがカギだな。

その統治にはかなり気を遣う必要があるだろう。

だからといって、手を貸さずにこのまま放置していれば、いつまたルナリア正教に振り回されるかわからない。俺は皆のほうを見た。

「俺はこの提案を受け入れようと思うが、これ以上国土が広がっても手が回らなくなるのは目に見えている。ルナリア正教皇国の大半を併合する代わりに、大虎帝国内で九頭龍《くずりゅう》諸島王国に割譲した港湾都市などを除いた地域は放棄する」

俺がそう言うとシャボンが頷いた。九頭龍《くずりゅう》諸島王国とも話はつけてある。

「っ!?　マルムキタンの草原地域も放棄するということですか？」

「それは……しかし……」

ルミエールとシュウキンは複雑そうな顔をした。

大虎帝国東端部分は、かつての大虎帝国との直接対決でうちが獲得した土地だ。

本来ならそんな土地の返還は大虎帝国にとって歓迎すべきことだろうが、いまの大虎帝国には大国を維持する力はない。

彼らにとっては重荷が増えるだけだ。

ともかく、ソージの提案もどこからも文句は出なかったので決定としていいだろう。

そして残された一番の問題である大虎帝国の扱いについてだ。

「残るは大虎帝国についてだが、事前に大虎帝国の家臣たちとフウガ・ハーンの妹であるユリガ、そしてその夫である俺とで話し合った。あの広大な帝国を一つの意志によって統治するのは、フウガやマリアのようなカリスマ性がなければ不可能だ。いや、たとえ可能であったとしても大国のままでは為政者も民もいずれは増長し、周辺諸国に新たな乱を生むかもしれない。それだけは避けなければならない」

俺はそこで呼吸を整えると真《ま》っ直《す》ぐに前を向いて言った。

「大虎帝国は三つに分割することになった」

「分割……ですか？」

目を丸くするシャボンに頷くと、俺はマオに呼び掛けた。

「マオ殿、地図を出してください」

「承知しました」

マオが両手を挙げると、皆の頭上に大虎帝国の地図が現れた。

その地図を俺が指差すと、三つに分割するように縦線が二本引かれる。

そして俺はシュウキンとルミエールを見た。

「ここからの説明は大虎帝国の方々にお願いする」

「「はい」」

シュウキンとルミエールが頷いた。そしてシュウキンがまず口を開く。

「フウガ様の後継者となるべきはスイガ様ですが、まだ幼く、また広大な国土をすべて背負うことなどできないのは先程述べられたとおりです。そのため、我らは大虎帝国を東・西・中央に分割し、それぞれに王を立てて統治する形態が良いと考えました。まずは西側。旧グラン・ケイオス帝国だった地域を含み、ガーラン精霊王国と近いこの国を、スイガ様の治める『ハーン大虎王国』とします」

上空に映し出された地図に『ハーン大虎王国』の名前が刻まれた。

規模縮小に伴い、帝国からかつての呼称だった王国に戻すようだ。

シュウキンは話を続ける。

「国王はスイガ様ですが、まだ幼く、重責を負わせることはできません。誰かが付け入り利用しようとすることも考えられますので、成人までの間はユリガ様とフリードニア王国の方々に保護していただくことになるでしょう。その間、この国は私とルミエール殿とで守り抜き、スイガ様が成人した暁には王位を継いでいただきたく」

この決定にはユリガの意向が強く反映されていた。

兄の遺児であるスイガには、子供の間だけでもしがらみのない環境で、伸び伸び育ってほしい。そんなユリガの願いを、俺たち家族やシュウキンたちでなんとか叶《かな》えようと考えての決断だった。

すると今度はルミエールが口を開いた。

「そして中央部分ですが、この地はかつて国王であったロンバルト・レムス殿に治めていただきます。すでに議会もなく有名無実と化したフラクト連邦共和国などを含む難しい地域ですが、国王としての実務経験のあるロンバルト殿になんとか治めていただくしかありません。この地を『レムス王国』とします」

上空に『レムス王国』の名前が刻まれた。

ここも再興扱いになるだろうな……と、そこで俺は口を挟む。

「新生レムス王国は大陸の北端も含む地域だが、シーディアンの治めるハールガとその周辺のみはうちの管轄となる。北の世界へ向かうための重要な都市だからな。ゲート自体はすべての国家で共同管理すべきだが、シーディアンの保護などはうちに任せてほしい。これはロンバルト殿などにも了承はとってある」

すでに海洋同盟所属国家以外にも、俺の血筋にはマオなど旧世界の遺物を制御する力があることをそれとなく伝えている。

もしまたゲートが暴走したとき、ハールガを他国が管理していると対処が遅れることになるからな。そこは了承を得ている。

皆が同意を示したことで、再びシュウキンが口を開いた。

「そして残る東側の国家だが、私たちはフウガ様の妹の夫であるソーマ王に統治してほしいと希望したのだが……このことはすでに断られています」

「当たり前だ。うちだってこれ以上余所《よそ》の面倒を見る余裕はない」

ルナリア正教皇国だった地域も治めなければいけないのだからな。

この上、北にさらに土地が拡張されると絶対に手が足りなくなる。

それに国土面積が見た目で他国より抜きん出れば、かつてのフウガのような役割を俺に負わせようとする人々も出てくるかもしれない。そんなのはご免だ。

「ただ〝ちょうど良い〟ことに、フウガを討った反逆者であるクレーエを討ちとるという大手柄をあげたユリウスが、褒美としてラスタニア王国の再興を願い出ている。この東側の国はかつてラスタニア王国があった東方諸国連合の地域でもあるし、ラスタニア王国と同盟を結んでいたノートゥン竜騎士王国とも隣接している。俺は東側の地を『ラスタニア王国』として再興させ、ユリウスと王族であるティア・ラスタニア殿に治めてもらいたいと考えている」

頭上の地図で残っていた土地に『ラスタニア王国』の文字が刻まれた。

これで『ハーン大虎帝国』は、『ハーン大虎王国（通称『新大虎王国』）』『レムス王国』『ラスタニア王国』の三国に分裂することになった。

また『新大虎王国』はルナリア正教皇国に隣接していた国土（かつての戦争で得た旧グラン・ケイオス帝国領）の一部をユーフォリア王国に譲渡することを表明し、これでユーフォリア王国とフリードニア王国も一部で隣接することになった。

◇　◇　◇

こうしてランディア大陸は星竜連峰と竜騎士王国を除けば、最終的には六分割されることになった。大きな混乱もなく行われた今回の大陸再編を、世の人々は主導したソーマの名前を出して『ソーマのケーキカット』と呼んだ。

そして南半球にある国々は順々に『海洋同盟』に参加していき、やがて『南大陸連合』へと発展していくことになる。

南大陸連合の各国首脳が集まって行う会議には、ノートゥン竜騎士王国にあるこの会議場が使われ、各国の問題の調整をしつつ安定した時代を迎えることになった。

あまたの英雄たちが消え、あるいは引退してべつの生き方を見つけ、新しい時代へと移り変わっていく。

こうして世界は浪漫《ろまん》と波乱と冒険心に溢《あふ》れた北の世界と、安定した統治の中で学問分野を発展させていく南の世界とに分けられることになった。

野心ある者は北へ。冒険したい者は北へ。

穏やかに生きたい者は南で。学問を探究したい者は南で。

それぞれがそれぞれの物語を紡いでいく。

「……俺もそろそろ、次の自分を」

そんな世界の片隅で、俺はそんなことを呟《つぶや》いていた。

あとがき

この度は現国十九巻をお買い上げいただきありがとうございます。２０２３年に、福岡νガンダムと吉野《よしの》ヶ里《がり》遺跡を観《み》に行ったどぜう丸です。過去なのか未来なのか。

これで一巻目で提示した世界観や伏線は、あらかた回収したかなと思います。いやあ長かったですね。Ｗｅｂで書き始めた頃からだとちょうど十年くらいですか。これまでお付き合いいただいた方々には本当に感謝しきりです。

ここまで書いてきた中でどこまで最初から想定していたのかというと、四巻の内容まではキッチリ固めていました。コレを読んでいる人ならご存じでしょうが、切りが良いですからね。打ち切られても格好がつくライン……ってどっかに書いた気もします。

そこから先は大まかな流れだけ決めて、あとはアドリブって感じです。

大まかな流れというのはグラン・ケイオス帝国の崩壊と、魔王領の真実、時代を象徴する英雄がソーマに立ち塞がる……という感じです。それらだけ押さえておけば大きな物語としての体裁が整うと思いましたので。

それ以外のアドリブに関しては、そのときいるキャラでどんな話が書けるかを、書いてみたいかを考える感じです。なにせこの小説は終盤であるこの十九巻に至るまで、名前がついているキャラがほとんど退場しませんからね。

退場したのってガイウス八世ぐらいですからね…………あ、ゲオルグとベオウルフもか。なぜかこの二人は退場したことを忘れてしまう。不思議だなー。

まあそんなわけでキャラクターは沢山いるので、書きたい話があるときに向いているキャラクターを発見しやすいというのがあります。ソーマが出張って解決するだけだとご都合主義感が強くなるというか、ワンパターンになりがちです。

だからソーマ以外の視点や活躍を四巻以降は重視しました。

八巻の魔浪《まなみ》のときにはユリウスの再起の物語を絡めたり、十一巻の学園編ではトモエちゃん、イチハ、ユリガなど子供たちをメインにしたりしたのはそのためです。ちょうどいいキャラクターに沿って物語を展開させるこの状況がさっき言ったアドリブです。

まあその点で言うと異色なのは六巻のナデン編なんですけどね。

ナデン編のストーリー部分の大本は別の小説として考えていたものです。「西洋式の竜《ドラゴン》の国の中に東洋式の龍が一頭だけいる」という案だけ考えたけど、単品だと弱いかなぁとボツにしていた話を現国の世界観に組み込んだ形です（どっかで話したかな？）。それもあって現国の世界観は作者の想定より遥《はる》かに大きくなったわけです。

そして、そんな現国も次回の二十巻で幕引きとなります。各キャラの後日談や拾いきれなかったストーリーの回収がメインになりますが、最後までお付き合いいただけたら幸いです。それではこの本に関わったすべての人と、読者に感謝を。

番外編1　アレは忘れた頃にやってくる

どうも皆さん。元グラン・ケイオス帝国の女皇にして、現在はソーマさんの第三側妃をしているマリア・Ｅ《ユーフォリア》・ソーマ（ジュナさん等《など》と同じソーマ家）です。

普段は王国各地を飛び回って人道支援活動に精を出していて、パルナム城に長く滞在するのはソーマさんと思う存分イチャラブする日くらいだった私ですが、愛娘《まなむすめ》のステラが生まれたばかりということもあってしばらくパルナム城で育児休養してました。

ステラ。私とソーマさんの愛の結晶です。

ぷっくらほっぺで可愛《かわい》いんですよ。

寝顔を見ているとジャンヌやトリルの小《ち》っちゃかった頃を思い出します。大きくなったらきっと美人さんになると思います……と、話が逸《そ》れてしまいましたね。

そんな風に珍しく長く王城に停っていた私ですが、今日はとある方からの呼び出しを受けて、ある部屋に来ていました。

机と椅子が等間隔に並べられていて、それと向かい合うように教壇や黒板があるその部屋は、一見するとアカデミーなどの学問機関にある教室のようです。

その教室にいま、私、リーシアさん、アイーシャさん、ジュナさん、ロロアさん、ナデンさん、ユリガさん、それにトモエさんを加えた計八名がいます。

トモエさん以外はソーマさんの妃《きさき》が集まっているみたいです。

私は呼び出されたのですが、他の人もそうなのでしょうか？

教室に入るとユリガさん以外の皆さんは自然と席に着いたので、私とユリガさんもそれに倣《なら》います。着席してみると本当に教室のようですね。

「あの～、今日はなぜ呼び出されたのでしょうか……？」

隣の席にいたリーシアさんに声を掛けると、彼女は苦笑しながら、

「うん。すぐにわかると思うわ」

と、言うだけでした。わけがわからないですね。

「「「……………」」」（コクコク）

それなのにアイーシャさん、ジュナさん、ロロアさん、ナデンさんがウンウンと頷《うなず》いています。トモエさんも苦笑しながら頬を掻《か》いていますね。

どうやらわかっていないのは私とユリガさんだけのようです。

「本当に、一体何の集まりなんでしょうか？」

「わからないです。トモエがなにか知ってそうなのがイラッとしますけど」

リーシアさんとは反対隣のユリガさんとそんなことを話しているときでした。

ガラガラ、スパン！

「「っ！　」」（ビクッ）

急に教室の扉が勢いよく開けられて、私とユリガさんはビックリしてちょっと腰が浮いてしまいました。

音のしたほうを向くと、そこには青い髪に小さな鹿角、グラマラスな身体《からだ》を九頭龍《くずりゅう》諸島風の衣装に包んだ国防軍総大将エクセル・ウォルター様の姿がありました。

ジュナさんのお祖母様《ばあさま》とのことで御年五百歳ほどと聞いていますが、長命種族の蛟龍《こうりゅう》族《ぞく》ゆえにとても若々しくてお美しい方です。

以前ジュナさん、ナデンさんと一緒にお茶をした際、この話をしたところ……。

『そう言えば……マリアさんって大母様《おおかかさま》とほとんど関わりがありませんでしたね』

『あの海蛇の本性をまだ知らないのね』

お二人はなんとも微妙そうな顔でそう言いました。本性？

『あの、それは一体どういう……』

『ウフフ……そのうちわかると思いますよ』

『ええ。嫌というほどね』

お二人は遠い目をしてそう言いました。

いまになって、そのときのことを思い出し、嫌な予感を覚えました。

するとエクセル様はにこやかな笑顔で言いました。

「みんな、ちゃんと揃《そろ》っているみたいですね」

私たちを見回して全員揃っていることを確認したエクセル様は、教壇まで移動するとその引き出しの中から何かを取り出しました。

（あれは……白衣と教鞭《きようべん》……それに博士帽？）

私がキョトンとしている間にエクセル様はそれらのアイテムを身につけ、あっというまに女教師といった姿になられました。……ちょっと着てみたいかも。

そんなことを思っていると、エクセル様は笑顔で口を開きます。

「さて、それでは皆さん、お待たせしました」

カン、カン、カン、カン……シー！

エクセル様は黒板に『花嫁講座』と走り書きしました。

「これより『第十三回・花嫁講座』を開講します」

（花嫁講座……ですか？）

「なんなのよ、それ……」

私が思ったことをユリガさんは口に出していました。

するとエクセル様は教鞭でビシッとユリガさんを指し示しました。

「はい。今回は何名か初参加のメンバーもいますので、あらためて説明させてもらいます。国王と妃の関係においては、夫婦の危機はそのまま国の危機。夫婦仲を良好に保つことこそ、国家安寧の第一歩。この講座は夫婦仲を良好に保つ秘訣《ひけつ》を、この私が貴女《あなた》たち妃に指導する場なのです」

エクセル様は自信満々に言いました。そ、そういう場なのですか、コレ。

するとエクセル様は端っこの席にいたトモエさんを見ました。

「今回初参加となる妃はマリアさんとユリガさんです。本来この講義は妃のためのものなのですが、受講希望をいただいていたトモエさんにも一緒に参加してもらいます」

「えっ、そうなの？」

リーシア様がビックリした様子でトモエさんを見ました。

するとトモエさんは少しはにかみながらコクリと頷きました。

「は、はいです義姉《あね》様《さま》。私もイチハくんと……その、婚約をしたわけですし、こういうことはちゃんと知っておいたほうが良いかなぁ……って」

「そ、そう。トモエが良いなら、それで良いんだけど……」

「ウフフ、その意気込みは素晴らしいですね。皆さん、拍手～」

エクセル様に促されて、みんなパラパラと拍手しました。トモエさんは若干居たたまれなさそうに顔を赤くして縮こまっています。

「それで、結局なにを教えてくれるんですか？」

ユリガさんがそう尋ねると、エクセル様はにこやかに答えました。

「夫婦仲を良好に保ち添い遂げる秘訣です。妻としての在り方、殿方の心理といった精神的なものから、夫婦生活を円滑にするための夜の〝オツトメ〟についてまで」

「「よ、夜のオツトメ……」」

私とユリガさんは予想外の言葉の登場に驚いてしまいました。もっとも、他の皆さんは気まずそうですけど受け入れているようです。

なるほど……そのうちわかる、と言っていたのはこのことだったのですね。

「さて、マリアさん！」

「は、はい！」

いきなりエクセル様に名前を呼ばれてビックリしました。

「まずは貴女に言いたいことがあります！」

「な、なんでしょうか？」

「陛下の戴冠式以降、怪獣騒動やら、グラン・ケイオス帝国の崩壊やら、病気の蔓延《まんえん》やらフウガ殿との戦争やらといろいろあり、この講座を開くことができていませんでした」

「は、はあ……」

帝国の崩壊とフウガさんとの戦争は私とユリガさんにとっては耳が痛い話です。

でも、なぜいまその話を？　そう思っていると……。

「ですが！　私がなにも教えていないにもかかわらず、貴女はしっかりと陛下と愛し合い、子を生《な》し、ステラさんという玉のような女の子を産みました。これはとても素晴らしいことです。ハイ、皆さん、マリアさんに拍手を～」

パチパチパチパチパチ！

リーシア様たちからしっかりとした拍手が送られる。

え、なにこれ。つるし上げられているみたいでメチャクチャ恥ずかしいのですが。

さっきトモエさんが縮こまったのもわかります。

ユリガさんのほうを見ると、自分に話を振られたくないというように顔を背けていました。

「さて、それではです」

エクセル様はパンと手を叩《たた》きました。

「これからいつものように、陛下を泥酔《でいすい》させてから聞き出したアレやコレやをまとめたノートを皆さんに配ろうかと思うのですが、先程も言いましたとおり、今回は初参加の人たちもいます。そこで恒例となりますが、まずは陛下がその人たちをどう思っているのかを公表しようと思います」

気になるワードがいくつかありますね。泥酔とかアレやコレやとか。

でも聞くとさっきみたいに恥ずかしいことになるので躊躇《ちゅうちょ》します。

するとエクセル様は一冊のノートを開きました。

「それではまずは……トモエさんから！」

「えっ、私ですか!?」

まさか自分が当てられるとは思わなかったのでしょう。

トモエさんはビックリした様子で、手をブンブンと振っています。

「だって私、義兄様《あにさま》の妃じゃないですし」

「それはもちろん考慮しています。貴女の場合は特別に、陛下にしたのと同じ方法でイチハさんから聞き出した情報をもとにノートを作成しています」

「えっ、じゃあ、イチハくんが私をどう思ってるかってことも!?」

「そのとおりです。本当はハクヤ殿からも聞き出してジャンヌ殿にこっそりと教えるつもりだったのですが……どうも勘づいてるみたいで隙を見せないんですよね」

それは……ジャンヌにとって良かったのか悪かったのか。

「それでは、読み上げます」

混乱するトモエさんを尻目に、エクセル様はノートの記述を読み上げます。

「『トモエさんは僕の女神というか、導きの星のような存在です。暗いところから連れ出してくれた、出会えたことが奇跡みたいな女の子』」

「はひゅっ!?」（ボッ）

トモエさんの顔が一瞬で真っ赤になりました。これは……すごいですね。

泥酔させて聞き出した……の意味をここでようやく理解しました。

なんのてらいもない言葉。照れるなと言うほうが無理です。

「『自分の殻に閉じこもっていた僕を外の世界へと連れ出してくれた彼女を、今度は僕が支えられるようになりたい。夫として、一番近くで彼女の笑顔を見られるように。だから先生の跡を継いで宰相になりたいと思えた。この国のプリンセスであるトモエさんにふさわしい男になりたかったから。それくらい大好きです』」

「……」

聞かされているトモエさんは言葉を失っていました。

無理もないですよ。こんなに真《ま》っ直《す》ぐな愛情を向けられたなら。

「ちなみに、試しに聞いてみた『子供は何人くらいほしいですか？』……という質問に対しては、『トモエさんが望むかぎり何人でも』と答えてますね」

「はひゅ～……」（へなへな）

トモエさんは思考がオーバーヒートしたのか、机に突っ伏してしまいました。そんなトモエさんの様子を見て、リーシアさんとアイーシャさんが、

「この調子だと子沢山になりそうね」

「チマ家も安泰ですな」

と、言っていました。……追い打ちを掛けるのはやめてあげましょうよ。

「なんやダーリンより、愛の言葉に重みがある気がするわ」

「陛下は国王としての立場を無意識に自覚しているのではないでしょうか。どうしても均等に愛を注がないといけないという使命感があるのではないかと」

「なるほど。イチハの愛情にはそういったストッパーがないのね」

ロロアさん、ジュナさん、ナデンさんが冷静に分析されていました。

さ、さすがに何度も受講された方々は違いますね。

「えっ、なに？　ああいうことをここで発表されるの？」

ユリガさんが恐れおののいています。

明日は我が身ということでしょうか……って、私もじゃないですか!?

「さて、次はユリガさんです」

「ぐっ……やっぱり」

ユリガさんは覚悟を決めたように親指を握り込んでいました。

そんな彼女にエクセル様は告げます。

「陛下は貴女のことをこう仰《おつしや》っています。『最初は妹の友達って感じだったな。それがいつしか妹分のようになっていて、様々な要因が重なって気付けば妻になっていた。それはユリガにとっても同じだと思う。友達の兄がいつのまにか夫になってるんだから、受け入れられているのだろうかと心配している』」

「……………」

ユリガさんは感情の読み取れない顔で、それでも真っ直ぐに立って聞いています。

政略結婚。お互いの利害が一致した上での婚姻。

ソーマさんとユリガさんの関係はそこからスタートしています。

エクセル様は話を続けます。

「『ユリガは頑張りすぎなくらい頑張るから、結婚したからにはと俺を男として、夫として見るように努力してるだろう。そんな彼女を見ていると、俺も彼女のことを女として、妻として見なくちゃなぁと思う。妹の友達とか妹分とかじゃなくて、俺の女だって堂々と、それこそフウガの前でも言えるくらい愛せるように』」

「あぅ……」

あ、ちょっとユリガさんの頬が赤くなりました。

いまの言葉が彼女のハートにズバッと刺さったようです。

「『俺が愛するぶんには大丈夫だと思う。どんどん女らしくなっているし、最近の仕草とか見てるとグッとくることが多いからな。狙ってやってるのかわからないけど』」

「そ、そんなわけないでしょ！」

「『多分、どんどん愛せる。ユリガがどう思うかはわからないけど』」

「わ、私だって……大丈夫だと思うわよ！」

「……あの、ユリガさん。これは書いてあることなので一々返答しなくても」

「あっ……」（ボッ）

エクセル様に苦笑気味に言われ、ユリガさんが真っ赤になりました。トモエさんのときとまったく同じでへなへなと机に突っ伏しています。撃沈二人目。

「すぐには無理だとしても、お互いを思いやれる貴女たちなら、時間と肌を重ねていくうちに自然と良い夫婦になれるでしょう」

エクセル様が総括するように言いました。

な、なんかいま、さりげなくスゴいこと言ってませんでした？

ユリガさんに聞こえているかはわかりませんが。

「こ、これがこの国に嫁ぐ者への試練なのですね」

私が戦慄しながら呟《つぶや》くと、

「いや、そんな試練はないから。うちだけだから」

「うちの大母様《おおかかさま》が本当にすみません」

リーシアさんとジュナさんに言われました。そ、そうですよね。

するとエクセル様がこっちを見ました。

「そして最後になりますが、マリアさん」

「は、はい」

さすがに三番目だと諦めが……いえ、覚悟ができます。

ソーマさんにどう思われているか、気になることは間違いないですし。

「陛下はこう仰ってます。『相棒……かな』と」

「相棒、ですか？」

一瞬、意味が理解できず聞き返してしまいました。エクセル様は頷《うなず》きます。

「『結婚したのは最近だけど、付き合い自体はかなり長いからな。なんならロロアと会ったすぐ後ぐらいに、放送越しとはいえ会って話してるわけだし』」

「あー、せやね。言われてみればぱって感じやけど」

ロロアさんが頷いていいます。

たしか初めてソーマさんと放送越しに会談したとき、ロロアさんに国を押し付けられたことを愚痴ってましたから……多分それくらいからの知り合いですね。

「『それから長いこと、同じ場所で戦ってきた相棒って感じがする。リーシアたちの場合、どうしても妃《きさき》や家臣として、一段低い場所から俺を支えてくれるだろう。だけど一国を統べる王として共に立ち続け、背中を預けていたのがマリアなんだ。あとでクーやシャボンなんかが加わるけど、それまでは世界を二人で背負っていた気がする』」

「……………」

それは、私も感じていたことでした。

性格も、目的に対してのアプローチの仕方も、追う理想も違う私とソーマさん。だけどそれを理解した上で手を取り合えると、不思議と信じることができました。

『正反対のほうを向いているなら、協力すれば死角はなくなる』

ジャンヌに語った言葉に嘘《うそ》はありません。

実際にソーマさんは帝国が崩壊するそのときまで良き盟友であり続け、崩壊後は私を女王の楔《くさび》から解放し、一人の女性として迎え入れてくれたのですから。

「『ずっと一緒に、苦楽を共にしてきた間柄だから……だから嫁に来るってなったときも自然に受け入れられた。多分、そのときにはすでに、リーシアたちと同じような、かけがえのない伴侶って認識だったんだと思う』」

「……そうですね。私も同じように思っていましたから」

思い返してみれば、帝国を割ることを決断したとき、その後、許されるならなにをしたいかと考えたら……ソーマさんのお嫁さんになって普通に暮らしたい、とか願っていましたね。あのときは……叶《かな》えられない理想のように思っていましたけど。

ですがいま、その願いは叶っている……いいえ、一人の女性に戻った上でやりたかった慈善事業もできているのですから、願った以上の結果になっています。

（それも……ソーマさんのお陰ですね）

追い詰められていたあの頃の自分に、この未来を見せてあげたいくらいです。

そんなことを思い、胸の中が温かくなるのを感じていると、

「ステラがあっさり生まれたわけがわかった気がするわ」

「遠距離恋愛を気長に続けてたってことなのよね。そりゃあ直接会えるようになったら燃え上がっちゃうのも仕方ないわよね」

ナデンさんとリーシアさんがウンウンと頷いてました。

えっ、私、燃え上がってましたか？……燃え上がっちゃってたかも。

結構アッサリとステラを授かっちゃいましたし。

するとエクセル様がパンパンと手を叩いた。

「陛下とマリアさんの関係について、私から口を挟むことはありません。その調子で、末永く仲良くしていけばいいと思います」

そう総括すると、エクセル様は別のノートを手に取りました。

「さてと……これで新規参加組に関してのことは終わったかしらね。あとはいつもどおり

座学で、夫の心理や、妻の心構え、それに夫婦間が冷めないような夜のオツトメなんかを教えるんだけど……」

な、なんかスゴいことを教わるんですね。勉強になりそうですけど。

「……なんかノート、一冊多いわね。これはなんのノートだったかしら」

そう言いながらエクセル様はノートをパラパラとめくりました。

なんだか怪訝《けげん》そうな表情をしています。

授業に関係ないものが交ざっていたのでしょうか？　すると……。

「なになに……『自然体……この言葉に尽きるかな。なにも背負う者がない身軽さは憧れるというか。前にいた世界での自分は、彼女みたいな人と結婚して、ごく普通の家庭を築くものだと思っていた。そのことを彼女は思い出させてくれる』」

「「「　………　」」」

これは……誰の、誰に対する評価なのでしょう。

前にいた世界、という部分ではソーマさんの評価のように思いますが。

「『いまはまだ友達って感じが強いけどね。でも、ときどき想像してしまう。もし、アルベルト義父《とう》さんたちが召喚に失敗して、王城じゃなく城の外に呼び出されたとしたら？そして街中で偶然彼女と会ったとしたら？　それはそれでなんとかなったんじゃないかなと思ってしまう。そういう話、前にいた世界の物語によくあったし』……と。あっ、思い出しました。これは興味本位で聞き出したことで関係ないですね」

エクセル様はパタンとノートを閉じました。すると、

「ちょっと待って！　いまのってソーマから聞き出したものよね!?」

「一体、ダーリンが誰に対して言ったことなん!?」

リーシアさんとロロアさんがエクセル様に詰め寄っています。

「私たちの中に当てはまる人はいないようです」

「まさか隠れた愛人が……って、ソーマにそんな時間あるわけないか」

「陛下は常に我々のうちの誰かと一緒に行動してますからね」

ジュナさん、ナデンさん、アイーシャさんは真剣な顔で話し合っています。

私も……気にならないといったら嘘になりますし。

そしてこんな爆弾を投下した張本人はというと、

「ウフフ、気にしないでちょうだい。個人的な興味で聞いた内容だから」

と、楽しそうに笑っていました。どうやらみんながこういう反応をすることをわかってやったようです。エクセル様って厄介な御方《おかた》なのですね。

そんなことを思いながら、机の上に置かれた冊子（多分、このあとの座学に使う教科書のようなもののようです）をパラパラと捲《めく》っていると、次の一文が目に入りました。

『良好な夫婦関係の維持には刺激が大事』

……なるほど。皆さんが結婚後も初々しくいられるのは、こういう風にソーマさんの反応に一喜一憂できるからなのですね。だとしたら……。

(私も嫉妬して、ソーマさんを問い詰めちゃいましょうか)
噂《うわさ》の君は誰なのか、って。
こんなに可愛《かわい》い奥さんが沢山いるのに浮気してるのかー、って。
ソーマさんはどんな風に返してくれるだろう。
アタフタしたりするのかな。困らせちゃったらごめんなさい。
でも……許してくださいね。
ソーマさんとは、いつまでもラブラブに暮らしたいですから。
ステラが育っても、巣立っても、ずっと……なんて。
(ウフフ。なんだかとっても楽しいです)
そんなことを思いながら、私はみんなの騒がしい様子を眺めるのでした。

番外編2　ムサシ坊や君強化計画

――海洋同盟と大虎帝国との全面戦争が起きる前のこと。

場所は王都パルナムの近くにあるジーニャのダンジョン工房。

「ジーニャと！」

「メルーラの！」

「「レッツ、改造！」」

そこにフリードニア王国の技術を牽引《けんいん》するツートップ、超科学者《オーバー・サイエンティスト》ジーニャ・M《マクスウェル》・アークスと、ハイエルフのメルーラ・メルランの元気な声が響いていた。

するとメルーラは冷ややかな目でジーニャを見た。

「本当にこの挨拶、毎回やらなきゃダメなの？」

「そんなこと言って～。メルメルだってもう慣れたんじゃないの？」

「やんないとアンタのやる気が下がって作業効率が落ちるから、仕方なくやってあげてるんでしょうが。あと、メルメル言うな」

「そのツッコミも久々に聞いた気がするねぇ～」

ムッとするメルーラとは対照的に、ジーニャはいつもどおり楽しそうだった。

「アンタはもう人妻なんでしょうが。少しは落ち着いたらどうなのよ」

「えっ、ルゥ兄とのラブラブな生活が知りたいって？」

「誰もそんなこと言ってないでしょ！」

「ホラ、ボクとルゥ兄って身長差あるじゃん。だからルゥ兄はことあるごとにボクの身体《からだ》のことを気遣ってくれてぇー。アレのときも『大丈夫かい？』って」

「だから聞いてもないことベラベラ話さないでってば！」

恥じらっているつもりなのか、赤く染まった頬を白衣の袖で押さえながらクネクネと身体を動かしているジーニャに、メルーラはたまらず抗議した。

「見なさいよ！　お目付役のアンタの旦那様が顔を真っ赤にしてるじゃない！」

見ると、お目付役として遠くから眺めているルドウィンが手で顔を覆っていた。夫婦内でのことをバラされて恥ずかしがっているのだろう。お気の毒に……。

「今日はルドウィン殿しかいないんだから手加減してあげなさいよ」

「あれ？　そう言えばソージ殿は？」

「メアリと一緒に正教皇国の対策に動いているわ」

今日はメルーラ側の保護者であるソージは来ていない。大虎帝国側として参戦するだろうルナリア正教皇国に備えるため、ソーマの要請で動いていたからだ。

だからルドウィンが精神的ダメージを受けても慰めてくれる人はいなかった。

「さて、ルゥ兄のことはさておき……」

「いや、もっと大事にしてあげなさいな」

「ん？　じゃあもっとラブラブな生活について……」

「話を進めましょう。それで、今回はいつもの検証じゃなくて改造なの？」

メルーラが被《かぶ》せるように言うと、ジーニャは頷《うなず》いた。

「うん。レッツ改造。王様からとあるものを改造してほしいって依頼《クエスト》が来たんだ」

「とあるもの？　そういえばなんかあるわね」

二人の目の前にシートが被せてあるこんもりとしたものがあった。

ジーニャはそのシートに手を掛けた。

「そうそう。こちらになります」（バサッ）

「えっ、これって……」

ジーニャがシートを取り去ると、中から現れたのはズングリムックリな体形に僧兵のような装備をつけた着ぐるみ。マシュ○ロマンか？　バー○パパか？

いいや、着ぐるみの冒険者ことムサシ坊や君だった。

「王様からこれの改造を頼まれてるんだ」

「これを？　戦争が近いから武装を追加するとか？」

メルーラは九頭龍《くずりゅう》諸島の怪獣対策として、メカドラを改造したときのことを思い出したようだ。あのときは穿孔機《ドリル》や杭打ち機《パイル・ドライバー》を取り付けたのだけど。

しかしジーニャは「ううん」と首を横に振った。

「違うみたい。戦争に使うんじゃなくて、北の世界に送るんだって」

「北の世界というと……シーディアンたちの故郷だっていう」

「そうそう。まだ公にはなっていないけど、王様は一部の冒険者を北の世界へいち早く派遣する計画を立ててるみたい。それにこの着ぐるみを同行させるんだって」

ソーマの能力【生きた騒霊たち《リビング・ポルターガイスツ》】は、物体にソーマの意識を宿して操ることができるというものなのだが、それが着ぐるみや人形といった生物を模したものの場合は、どれだけ距離が離れようとも操作を維持することができるという特徴がある。

ソーマはこの特徴を利用して、神護の森の災害の際には木彫りのネズミ人形を操って要救助者の捜索を行ったり、ムサシ坊や君に冒険者活動をさせたりしていた。

するとメルーラはムサシ坊や君に顔を近づけてジーッと見つめた。

「う～ん……でも、この着ぐるみ、見た目はアレだけど良い素材をふんだんに使ってるわよね。多分、魔物素材とかダンジョン素材とか」

「お目が高いね。忙しすぎて使う暇がなかった陛下のポケットマネーを惜しみなく注ぎ込んだ結果、最初から防刃・耐衝撃・防毒・防酸と、やたらめったら頑丈に作られていたんだ。ボクもイジらせてもらったからさらに強度は上がってるよ」

「ダンジョン素材はアンタの仕業なのね……」

メルーラが溜息《ためいき》交じりに言った。

「でも、じゃあどこを改造するの？　もうほとんど強化しきってるんじゃ？」

「意思疎通するためのコミュニケーション機能をつけてほしいんだって」

「ああ……そういうことね」

言われてメルーラも理解した。遠く離れた北の地で活動させるなら、現地の冒険者などとの意思疎通の方法が必要になる。この着ぐるみはしゃべれないのだから。

「この着ぐるみを通して王様は周囲の状況を把握できる。だけどソーマ王の意思を現地に伝える方法がないってことなのね」

「うん。王様が言うには『ユノだけはなぜか着ぐるみ状態でもこっちの考えを汲《く》み取ってくれるけど、それ以外の人に意思を伝える手段がないからな。簡単にでも良いからコミュニケーションをとる手段がほしい』……だって」

「いや、そのユノって子。なんでコミュニケーション可能なのよ……」

「ボクに聞かれても困るって」

ジーニャは白衣の袖をぷらぷらと振りながら言った。

「手っ取り早いのはまた放送を利用することだと思うんだけどねぇ」

「現実的じゃないわ。放送には道具が必要だし、それで伝えられるのはソーマ王本体の意思でしょう？　いちいち放送で会話する時間がとれるの？」

「いっつも政務に追われている王様には無理だろうねぇ」

ジーニャも最初からその案では無理だと思っていたようだ。

意識を分割させられるからこそ忙しい自分の代わりに北の世界を見てきてもらおうとし

ているのに、本体の協力が必須では意味がないだろう。

「で、王様が言うには『手持ち看板みたいなもので会話できないかな？』とのこと」

「なるほど、文字で会話するわけね。でもなんで看板？」

「なんか王様が召喚される前にいた世界に、そんな方法で会話する白黒の熊みたいなのがいたとか。架空の生物とは言っていたけど」

「なにその不思議生物……」

ソーマが思い浮かべていたのは、昔読んだ某格闘ラブコメマンガに登場するパンダのキャラクターなのだけど、ジーニャやメルーラが知るはずがなかった。

そんな緩い発想についても、天才たちは真面目に検討する。

「着ぐるみに文字を書かせること自体は簡単だろう」

「えっ、こんな鞠《まり》みたいな手で？」

「いやいや、この手じゃなくて。コーボーアームを搭載すればいい」

「ああ、あの気色悪い手だけの機械ね」

「気色悪いって……酷《ひど》いなぁ」

コーボーアームはジーニャの開発した、ソーマの【生きた騒霊たち《リビング・ポルターガイスツ》】で動く筆記マシーンだった。見た目はマネキン人形の腕だけが生えている機械である。

ソーマの能力で自分の手のように動かすことが可能なのだが、あまりに人の手に似すぎていて不気味（これを見た侍従《メイド》が卒倒するという事案も発生）と不評だったため、現在は剝がして敢《あ》えてマニピュレーターっぽい見た目にデチューンしている。

ジーニャはムサシ坊や君の鞠みたいな手に自分の腕を添わせる。

「この手の先からにょきっとコーボーアームが出てくるってのはどう？」

「……なんか不気味ね。後ろの籠から出す方がいいんじゃない？」

メルーラはムサシ坊や君が背負っている籠を指差した。

その意見にジーニャも目を輝かせた。

「おお。想像したらなんかロマンがある見た目だね」

「ロマンはわからないけど……籠の中で文字を書いて、できあがったものを見せるって感じのほうが良い気がするのよね。でも、問題は何に文字を書くか」

「手持ち看板自体に書いちゃうと消せないし、紙で書いて貼り付ける方式だとちょっと資材がもったいないかな……」

「書いて消せる、っていうのがベストなんでしょうけどね」

「あっ、じゃあ黒板はどう？　あれって書いて消せるし」

「ああ、いいと思うわ。小さな黒板に持ち手さえつければ手持ち看板みたいにできると思うし。となると……必要なのは黒板、チョーク、黒板消しか」

さすが王国が誇る技術部門のツートップなだけあって、話し合うだけでプランと問題点と解決策がポンポンと出てくる。すでにムサシ坊や君に搭載するコミュニケーション機能の大枠はできあがっていた。

とりあえず改造プランを図面に起こしていく二人。

「ねぇ、今更なんだけどさ」

その作業の途中で、ふと手を止めたメルーラが疑問を呈した。

「ん？　なんだいメルメル」

「これって明らかに籠の容量が足りてないわよね。文字を書くならコーボーアームは二本ほしいわ。手持ち看板を持つほうと、チョークを持つほうの二つがないと効率が悪すぎるし、それらを全部籠の中に収めるのは不可能よ」

「うん。そのとおりだね」

ジーニャは呆気《あっけ》ないほどあっさり頷いた。

「一応、収納スペースなら着ぐるみの中にもあるけど、こっちに物を入れてしまうと、王様が動かすときに干渉してしまうだろうから空洞にしておきたいね」

「やっぱり圧倒的に容量が足りないわ。どうするつもり？」

メルーラが尋ねると、ジーニャはニヤリと笑った。

「そこらへんの解決策はもう思いついてるよ。ちょっと待ってて」

そう言うとジーニャは踵《きびす》を返し、部屋の隅っこの研究資材や発明品（試作品？）などが乱雑に積まれている場所を、なにやらゴソゴソと漁り始めた。

「えーっと……たしか王様から預かってたものをこの辺に……放り投げてたと思うんだけど……あれ？　どこいったんだ？」

国王からの預かりものを放り投げるとか、なかなか物騒なことを呟《つぶや》きながら、どこだどこだと探すジーニャ。そしてしばらくして……。

「あっ！　あったぁ！」

テーテレレンテン、テンテンテーンというメロディが聞こえてきそうな笑顔で、ジーニャはメルーラに見せるようにそれを掲げたのだった。

「『勇者のずだ袋』～」

「あー、アレね」

以前に検証したことのあるアイテムだったので、メルーラは合点《がってん》と手を叩《たた》いた。

勇者のずだ袋とは、ソーマと同じく別世界より召喚された勇者だという初代エルフリーデン国王が使用していたアイテムで、見た目はただのずだ袋でありながら、その中には見た目よりも遥《はる》かに大量の物品を収容できる超科学《オーバー・サイエンス》の遺物だった。

早い話が、この世に二つとない国宝である。

「えっ、それを使う気なの？」

メルーラは目をしばたたかせた。

たしかに勇者のずだ袋を籠の中に仕込めば、容量問題は完全解決できる。だからといって、着ぐるみに国宝を装備させていいのか、という問題があるのだが。

しかしジーニャは気にする様子もなく言った。

「王様から預かったものを、王様のために使うんだし、べつにいいんじゃない？」

「アンタって人は本当に……あっ」

メルーラは視界の隅で、ルドウィンが慌てて部屋から出ていったことに気付いた。

きっとソーマにこのことを報告しに行ったのだろう。ジーニャのために許可を取りに行ったというよりは、『うちのジーニャがとんでもないことをしてますが、止めたほうがいいでしょうか?』とお伺いをたてに行く感じだろう。

一方、当のジーニャはというと、

「王様から許可が下りるといいねぇ～」

「………」

ルドウィンの胃痛など気にせず、暢気《のんき》にかまえていたのだった。

ちなみに、ソーマからのゴーサインは呆気ないほど簡単に下り、こうしてムサシ坊や君はコミュニケーション手段を獲得するに至った。

◇◇◇

――時は流れて大陸再編後。北の世界にて。

ポテポテポテポテポテ……。

乾いた大地に気の抜けた足音が聞こえる。

ポテポテ『ドドドドドドドドドッ!!』


そしてそんな足音など消し飛ばす巨大な足音が鳴り響いた。

前者はムサシ坊や君の足音であり、後者はそんなムサシ坊や君のことを追いかけているイノシシに似た巨大生物の足音だった。

イノシシに似ているとはいったが、二足歩行であり、身体《からだ》はTレックスのようで顔部分に牙や豚鼻というイノシシの特徴を持っているだけだった。南半球の世界では未発見であるこの巨大生物を、現地の者たちは『サウロボア』と呼んでいる。

サウロボアの身体には多くの裂傷や、突き刺さった投げナイフなどがあり、すでに長いこと戦っていることを表していた。その目が怒りに燃えている。

追いかけられているムサシ坊や君は、

『オタスケー』

という看板を掲げている。すると……。

「旦那！　こっちだ！」

岩場の陰から顔を出したユノが「早く早く！」とムサシ坊や君を手招きする。

ムサシ坊や君は『ラジャー！』と看板を出すと、急カーブしてユノが引っ込んだ岩場へ

オタス

と跳び込む。追いかけることに夢中だったサウロボアは、その動きについていけず少し通り過ぎてしまうが、体勢を立て直すとその岩場のほうへと入った。

そこは周囲より一段低くなっている隘路《あいろ》だった。

とはいえ、サウロボアが問題なく通れるくらいの道幅はある。

そして向こうのほうに逃げるムサシ坊や君とユノの背中が見えた。

『ブルルルル……』

今度こそ逃がさない。そう告げるかのように唸《うな》ったサウロボアは大地を蹴って猛追し、二人に襲いかかろうとした。……しかし。

ガコンッ！　ドシャッ！

『ブロファ!?』

不意にサウロボアの足下の地面が陥没した。

その穴の深さは、サウロボアにしてみれば自分の全高の半分ほどといったところだったのだが、その巨体で不意に足を踏み外せば足首への負担は大きくなる。

その痛みのせいでサウロボアは穴から抜け出すことができず、藻掻《もが》いている。

「いまだ！　一気に畳みかけるぞ！」

「おう！」「はい！」「わかったわ」

隘路の高台に隠れていたディス、オーガス、フェブラル、ジュリアがそんなサウロボアに集中攻撃を加える。すでにここに来るまでの戦闘で消耗していたサウロボアは、この攻撃を喰《く》らって徐々に動きが鈍くなっている。

「こいつで、トドメだああ！」

ドカッ！

そして高台から飛び降りたオーガスが、落下と同時に放った拳がサウロボアの眉間へと突き刺さった。その衝撃でサウロボアは白目をむいて仰《の》け反る。

『ブル……フス……』

そしてついにサウロボアは力尽きて倒れたのだった。

「よっしゃー！　やっと討伐できたな」

オーガスがガッツポーズをしていると、ディスたちも集まってきた。

「やっとか……やっぱりこっちの世界の生物は強力なものが多いな」

「調査員の話だとこのサウロボアは魔物ではなく、野生生物ということですからね。それがこれだけの戦闘力を持っているのですから、北の自然界は侮れません」

「倒すのに半日はかかっちゃったものね～」

ディス、フェブラル、ジュリアがそれぞれ安堵《あんど》の溜息を吐《つ》きつつ感想を漏らした。

このサウロボアとは明け方に接敵し戦ったのだが、いまはすでに夕方近い。そのあまりのタフネスっぷりに、ディスたちは一時撤退を何度か繰り返し、休息を挟みながら戦う羽目になった。

そしてさすがにサウロボアにも疲れが見えたこの段階で、ユノが仕掛けた罠《わな》にはめて一気に決着をつけようとしたわけである。

「おっ、倒せたみたいだな」

『おつかれさまでーす』

四人のもとにユノとムサシ坊や君が合流してきた。ディスは笑顔で出迎える。

「お疲れ、二人とも。とくに旦那は囮役《おとり》、ご苦労様」

『おまかせあれー』

そう書かれた手持ち看板をムサシ坊や君に突きつけられて、ディスは「お、おう」と少し引き気味に頷《うなず》いた。

「前よりは意思疎通しやすくなったけど、まだ慣れねぇな。あの会話方法」

それを見ていたオーガスがそうぼやくと、ジュリアとフェブラルも頷いた。

「でも～、前はユノくらいしかなに考えてるかわからなかったじゃない。それに比べればわかりやすくなってくれてありがたいわ～」

「そもそもなんでユノさんだけ理解できたのかも謎ですけどね。他にもあの看板が出入りしている籠やアームの仕組みとか、謎ばっかりな人（？）ですけど」

「まあ、一番の謎は中身は誰なのか、だろ。ユノは知ってるのか？」

オーガスに急に話を振られ、ユノは「あ、え」と視線を泳がせた。

「いや、あたしも知らないって！　旦那の中身が誰かなんて！」

「本当か？　なんか怪しいんだが」

「ホントにホントだって。ねえ旦那？」

ユノがムサシ坊や君に話を振ると、ムサシ坊や君は、

『わたしのなかみはユメとロマンです』

『やぼなことをきいちゃダメダメよー』

という看板を立て続けに見せたのだった。

「……んー。なんかちょっとイラッときたんだけど」

「まあまあ。でも、こっちの世界に出自不明な人って結構いますからね」

オーガスを宥《なだ》めながらフェブラルは言った。

「最近こっちの世界で活動しはじめた冒険者には、マスクやフルフェイスの兜《かぶと》なんかで顔を隠している人も多いですし」

「あー、それってアレだろ。南の世界が平和になったから、戦い足りないヤツらが心機一転こっちに乗り込んできてるんだけど、向こうでは反体制派に与《くみ》していたせいで顔を出せないヤツが多いから……とかなんとか」

ディスがそう言うとフェブラルは頷いた。

「ええ。向こうの世界では死んだことになっている者たちが、素性を隠してこっちで冒険者活動をしている……なんて噂《うわさ》をよく聞きますね」

「ん？　じゃあ、この旦那もそういう感じなのか？」

ポムポムとムサシ坊や君の頭を叩きながら、オーガスが言った。

「なにバカなこと言ってんのさ」（ゲシッ）

「痛《い》ってー！　なにすんだよ」

ユノがそんなオーガスのお尻を蹴り飛ばした。

痛むお尻をさするオーガスに、ユノは「フン」と鼻を鳴らした。

「旦那は旦那だろ。長い付き合いだもん。それで十分」

「フフフ。そうね。ユノが信頼している人だものねー」

ジュリアがユノに味方したことで、オーガスも「わ、わかったよ」と引き下がった。

そんなみんなの様子に苦笑したあとで、ディスはパンパンと手を叩《たた》いた。

「さて、暗くなる前に討伐の証拠になる素材を剝ぎ取っておこう。それとフェブラルはこの場所をギルドに報告できるように記録しておいてくれ」

「了解しました」

「さあ、さっさと済ませて帰ろう。そして……依頼《クエスト》達成の宴《うたげ》をするぞ！」

「「「　おー！　」」」

気勢を上げるディスたち冒険者PT《パーティ》。

そこに交じってムサシ坊や君も『おー』と書かれた看板を掲げたのだった。

俺が、この国を変えてやる！
コミックスシリーズ好評発売中!!
GARDO COMICS
現実主義勇者の王国再建記
漫画:上田悟司
原作:どぜう丸　キャラクター原案:冬ゆき
COMIC GARDO
コミックガルド
オーバーラップ発 WEBコミック誌
https://comic-gardo.com

作品のご感想、
ファンレターをお待ちしています

あて先
〒141-0031
東京都品川区西五反田 8-1-5 五反田光和ビル4階
ライトノベル編集部
「どぜう丸」先生係／「冬ゆき」先生係

参考文献
『君主論』マキアヴェッリ著　河島英昭訳（岩波書店　1998年）
『君主論 新版』マキアヴェリ著　池田廉訳（中央公論新社　2018年）

OVERLAP

現実主義勇者の王国再建記 XIX

発　行　2024年2月25日　初版第一刷発行

著　者　どぜう丸
発行者　永田勝治
発行所　株式会社オーバーラップ
〒141-0031　東京都品川区西五反田8-1-5
校正・DTP　株式会社鷗来堂
印刷・製本　大日本印刷株式会社

Printed in Japan ISBN 978-4-8240-0738-4 C0193

第12回 オーバーラップ文庫大賞
原稿募集中!
イラスト:じゃいあん
【締め切り】
第1ターン 2024年6月末日
第2ターン 2024年12月末日
各ターンの締め切り後4ヶ月以内に佳作を発表。通期で佳作に選出された作品の中から、「大賞」、「金賞」、「銀賞」を選出します。
その物語は、
きっと誰かが
好きな物語。
【賞金】
大賞…300万円
(3巻刊行確約+コミカライズ確約)
金賞……100万円
(3巻刊行確約)
銀賞………30万円
(2巻刊行確約)
佳作………10万円
投稿はオンラインで! 結果も評価シートもサイトをチェック!
https://over-lap.co.jp/bunko/award/
〈オーバーラップ文庫大賞オンライン〉
※最新情報および応募詳細については上記サイトをご覧ください。
※紙での応募受付は行っておりません。